微阅读
1+1工程

1+1
GONG
CHENG
第一辑

夕阳从西面的地平线上透射过来，映得玉米叶子金光闪闪。弥
辉煌、神圣的色彩。

名为"秋种指挥部"的帐篷前，痴迷地望着那片葱郁的玉米。

儿刚从篷内的小钢丝床上爬起来，乡长的吉普车便停到了
长没进门，只对三儿说了几句话，就匆匆忙忙地走了。

乡长那几句话的余音里呆了半晌。

县领导要来这里检查秋收进度，你抓紧把那片站着
掉，必要时，可以动用乡农机站的拖拉机。乡长说。

那片唯一还站着的玉米至今还未成熟，它属于"沈
生长期比普通品种长十多天，但玉米个儿大籽
产量高。

去找了那片玉米的主人——一个五十多岁，瘦
佝偻着腰。

明来意，老汉眼里便有浑浊的泪涌落下来。

玉米的馨香

这片玉米给俺娃子
这……汉子为难地
瘦的头。
里便酸酸的。三
个农民，因为
子，才被乡政
了报道员，
部一样使
进了乡收
村里的
对他客
连平
月正
支
摄

邢庆杰

百花洲文艺出版社
BAIHUAZHOU LITERATURE AND ART PRESS

图书在版编目（CIP）数据

玉米的馨香／邢庆杰著．—南昌：百花洲文艺出
版社，2013.5（2020.6重印）
（微阅读1+1工程）
ISBN 978-7-5500-0638-6

Ⅰ.①玉… Ⅱ.①邢… Ⅲ.①小小说—小说集—中国
—当代 Ⅳ.①I247.8

中国版本图书馆CIP数据核字（2013）第098924号

玉米的馨香

邢庆杰　著

组稿编辑：陈永林
责任编辑：赵　霞　王俊琴
出　　版：百花洲文艺出版社
发行单位：全国新华书店
印　　刷：龙口市新华林文化发展有限公司
开　　本：700mm×960mm　1/16
印　　张：12
版　　次：2013年8月第1版
印　　次：2020年6月第4次印刷
字　　数：122千字
书　　号：ISBN 978-7-5500-0638-6
定　　价：29.80元

赣版权登字：05-2013-233

网址：http://www.bhzwy.com
图书若有印装错误，影响阅读，可向承印厂联系调换。

前　言

以"极短的篇幅包容极大的思想"，才能够以小胜大，经过读者的阅读，碰撞出思想的火花，震撼人的心灵。正因为这样，微型小说成为一种充满了幽默智慧、充满了空灵巧妙的独特文体。

如果说在二十一世纪的头一个十年，是互联网大大改变了我们的生活，那么在我们正在经历的第二个十年里，手机将更为巨大地改变我们的生活。如今，以智能手机为平台，正在构成一个巨大的阅读平台。一种新的阅读方式正不知不觉地走进大众的生活。一个新的名词就此产生，它便是"微阅读"。微阅读，是一种借短消息、网络和短文体生存的阅读方式。微阅读是阅读领域的快餐，口袋书、手机报、微博，都代表微阅读。等车时，习惯拿出手机看新闻；走路时，喜欢戴上耳机"听"小说；陪人逛街，看电子书打发等待的时间。如果有这些行为，那说明你已在不知不觉中成为"微阅读"的忠实执行者了。让我们对微型小说前景充满信心和期待的是，微型小说在微阅读的浪潮中担当着极为重要的"源头活水"。

肩负着繁荣中国微型小说创作、促进这一文体进一步健康发展的责任和使命，微型小说选刊杂志社推出了"微阅读 1 + 1 工程"系列丛书。这套书由一百个当代中国微型小说作家的个人自选集组成，是微型小说选刊杂志社的一项以"打造文体，推出作家，奉献精品"为目的的微型小说重点工程。相信这套书的出版，对于促进微型小说文体的进一步推广和传播，对于激励微型小说作家的创作热情，对于微型小说这一文体与新媒体的进一步结合，将有着极为重要的作用和意义。

编者

2014 年 9 月

目　录

债　钱

　　"债钱"是鲁西北方言，即"订金"的意思，无关欠债，多用于牛、羊、猪等家畜的买卖。

——题记

　　一大早，桩子就听见院子外的猪在叫，不是个好声儿。桩子就爬起来，三两下套上衣服，出了院子。桩子一出院子就看见胡庄的屠户胡来正蹲在他的猪圈边上，拿土坷垃一下一下地砸那猪，猪便左躲右闪，委屈得直叫。所有的猪见了屠户胡来都害怕，他身上带着一股血腥的杀气，猪见过他之后，会三天不吃食，把肚子空得瘪瘪的，过磅时便让他捡了个便宜，少付很多钱。

　　桩子一看胡来在整自己的猪，就不高兴了，就问，胡来，你惹它干啥？

　　胡来站起来，围着猪圈转了一个圈儿说，你这猪，该出圈了。

　　桩子一听胡来想买自个的猪，就高兴了，就问，你给多少钱呀？

　　胡来倒背着手，围着猪圈转了一圈又一圈。桩子便说，你倒背着个手干啥，你又不是个村长。

　　胡来说，桩子，看你是个实诚人，就给你按两块五一斤吧。

　　桩子一听高兴了，桩子知道，昨天后院的二婶刚卖了猪，才卖了两块三一斤哩，他每斤多卖了二毛钱，这二百多斤下来，就是四十多块哩。桩子就问，胡来，到家里喝一碗（茶）去？

　　胡来便说，不了不了，我还得去别处转转，你的猪，我隔上两集来逮。

　　桩子说，那你留个债钱吧。

胡来说，你不说倒忘了，给你。胡来拿出十块钱，递到了桩子的手里。桩子接了钱，脸上就全是憨憨的笑了。

胡来走了。在旁边清理猪圈的二婶走过来说，桩子你个憨种，你上当了知道不？桩子想二婶是不是看我的猪卖了个好价钱眼红哩？桩子就没言声。二婶说，桩子，这两天猪价像气吹着似的，一天一个价，今天他给你的价算最高了，可要是再过两集，猪价少说也得长到三块钱一斤，到那时他再来逮，你少卖多少钱呢？桩子一愣，但桩子一想，两块五就不少了，要卖五、六百块钱呢。

二婶又说，水涨船高，到那时，猪肉都不知长到啥价了，他用这么低的价买走你的猪，再卖高价肉，你算算，他得赚多少钱哪？这个挨千刀的胡来！

桩子想回家。二婶拦住他说，桩子，二婶可不能眼看着你吃亏，这猪不能卖给他！

桩子笑了笑说，二婶，他都交了债钱了，总不能再反悔吧。二婶说，咳！不就是十块钱么？你还给他不就得了。

桩子拧了拧脖子说，二婶，没这个道理呀！

果然不出二婶的所料，此后的几天，老有屠户来打问桩子的猪，价格给的一天比一天高，还真的给到了三块钱一斤。但桩子长短不卖，屠户便缠着他不放，缠得烦了，桩子便会说，人家是交了债钱的，说啥这猪也不能再卖别人了。再后来的几天，便没人再打他猪的主意了。两集的时间很快过去了。胡来没有来逮他的猪。二婶已经买了小猪崽放进了圈里。二婶问，桩子，胡来还没来逮你的猪？

桩子说，怪了，他都交了债钱了，咋会不来哩？

二婶说，你还不知道吧，这猪一长价，猪贩子们成车成车地从外地拉来了好多猪，猪价都落到两块三了，他不会来逮了。

桩子说，可他是交了债钱的，他总不能不要债钱了吧？

二婶说，咳，不就是十块钱吗？谁还在乎这点儿钱，你快趁价格还没落到底，赶快找个主卖了吧！

桩子脖子一拧说，他交了债钱的，这猪就是他的了，我可不能坏了老辈子传下的规矩。

二婶叹口气说，你这孩子，等着吃亏吧。

日子流水般过去了。胡来一直没来逮猪。桩子每天都把猪喂得饱饱的，然后就盼着胡来。夏天到了。一天，桩子刚从地里干活回来，就见胡来正在他的猪圈旁边一圈一圈地转哩。桩子就喊，胡来，今儿来逮猪？

胡来说，逮。

桩子说，你交了债钱，我知道你迟早会来逮的。桩子找了几个壮汉帮忙，就把猪逮了。弄到开磨坊的三叔家一过磅，好家伙，四百多斤哩。

胡来当场给桩子点钱，一千多块哩，点得吐沫飞溅。帮忙的几个人都馋得咽吐沫。

二婶急急地赶来了，二婶说，桩子，这猪不能卖呀！这一阵儿闹猪瘟，猪价都长到两块六了。

桩子说，当时说好了的，两块五，人家都交了债钱的。

胡来说，是呀是呀，这猪早就是我的了，天黑前给我送到家。不由分说，把钱拍到了桩子的手掌里，然后倒背着手走了。

桩子冲胡来的背影喊，胡来，你还真像是个村长哩。二婶说，桩子傻，傻桩子。桩子拧了拧脖子说，我这猪本指望卖个五、六百块的，今儿卖了一千多块，该知足了。

大　号

　　老三在十岁那年爹娘因病去世。老三无兄弟姐妹，"老三"一称是村人的戏谑，爹为老大娘为老二。

　　其实，老三本来有大号的，他的大号是村里最有学问的"老学究"给取的，可村里人只对值得尊重的人称呼大号。老三当然没有资格享受被人称呼大号的"待遇"了。久而久之，老三的大号就被人忘记了。

　　老三的劣迹是从看青开始的。村长可怜他是个孤儿，就安排他专门看青，春天看麦苗，夏天看玉米。老三虽然年龄小，但他却懂得利用自己的职权为自己谋私利。每看见有鸡吃青苗，他就拿着砖头往死里砸，砸死了就提回家煮着吃。久之，他的"砸鸡"技术竟练到了炉火纯青、登峰造极的地步，到了砖无虚发的境界。那年月庄户人都穷，都视鸡屁股为小银行，自然对老三恨之入骨，但因为他有看青这一"公务"做掩护，也没人敢对他怎么样，因为如果你找他的麻烦，不就是等于承认自己的鸡吃了庄稼吗？所以人们只能加着小心看好自己的鸡。这样一来，老三就好长时间吃不上鸡肉了。老三就整天盼着有鸡来吃青苗。这一天，他终于看见"老学究"的一只鸡到了地边上了，心里便一阵狂喜，盼着那只鸡赶快往地里跑。这时候他也顾不得"老学究"的取名之恩了。但那只鸡却好像很有觉悟，有热爱集体财产的观念，在地边上磨蹭了半天，就是不肯越雷池半步。后来老三实在没耐心等了，就跑过去将鸡赶到地里，然后拿砖头给砸死了。不想，这事正好让"老学究"那壮牛般的二小子看见，就将他狠狠地揍了一顿。

　　几天后，"老学究"的柴火垛莫明其妙地失了火，而且老三还不在失火现场。一家人虽然知道是老三捣的鬼，但苦于没抓住把柄，只能打破门牙往肚里咽。自此之后，村里再也无人敢惹老三，只是在谈论他时在他的名字前面加了三个字，称"狗日的老三"，略表愤慨之情。

几年之后，村里就分了地。老三因为多年来只潜心研究"砸鸡"技术，从未摸过锄头把，所以他的地里就光长草不长庄稼。庄户人看重的是庄稼把式，称种不好地的人是懒汉二流子或"无浪混"，因而老三混到三十多仍是懒汉一条。

多年的光棍生活使老三养成了两个毛病。一个毛病是唱荤歌，另一个毛病是蹭酒喝。

老三不务农事，整天围着个村子瞎转悠。看到谁家垒个茅房、猪圈什么的，他便自告奋勇地脱下身上那件四季不换的破夹袄，搭上手就干。干到晌午，他就心安理得地坐在人家家里等着上酒上菜。如果他转悠了一圈仍然找不到蹭酒的差事，他就采取另一条策略。他找到以前曾给干过活的人家，拍拍他给人家垒的墙问，这墙还结实不？意在提醒他曾给人家垒过墙。有这点事做话头，他就坐在人家家里天南海北地胡吹一通，直到人家端上饭，他才咽口唾沫问，有酒吗？喝点。

老三蹭酒喝和唱荤歌是流水作业，逢喝了酒，他就倚里歪斜地在大街上逛荡，碰见大闺女小媳妇就开始唱："姑娘有块田呀，荒了十八年呀，实行了责任制呀，谁种谁拿钱……"直唱得大闺女小媳妇脸红红的，逃也似的往家跑，老三便得意地"哈哈"大笑。

老三真正臭名昭著是从赵大寡妇身上开始的。赵大寡妇是村里最俊的媳妇，身条儿脸皮儿都没得说。她男人死一年多了，不知为什么她一直没"走路"。老三便整天计划着填补她的空缺。那一天，老三在街上碰见了她，就大着胆子说，嫂子，晚上给俺留个门，俺陪陪你。赵大寡妇瞟了他一眼，扔下一句"俺给你留着窗户"就走了。老三想好事心切，没咂摸出话里的滋味，当即冲着她的背影说，窗户也中，俺一准去。

晚上，老三如约而至。他轻轻敲了敲窗户，窗户便"刷"的一声打开了。老三心头一阵狂喜，正想往里爬，一盆水兜头倾泻了下来，把他淋成了落汤鸡。他还没弄明白怎么回事，就听一声娇呼"抓贼呀"，七、八个彪形大汉好像从天而降，棍棒齐抢，把老三砸了个半死。

这件事使老三好长时间没敢出门。伤好后，他实在耐不住寂寞，又厚着脸皮游荡到街上。

　　老三刚游荡到街上就发现了一个蹭酒喝的差事。"老学究"的儿子正在扒房，准备扒了旧房盖新房。老三就义无反顾地扒了那件旧夹袄，正想上阵，在旁边搂着孙子坐镇的"老学究"冷冷地说，人手够了！老三抖了一下身子，极尴尬地收住了脚步，讪讪地退到一边。

　　旧房已经扒下房顶，人们正在放墙。几个汉子拿镢头在墙根处"嗵嗵"地刨了一阵，然后都转到另一边去推。汉子们叫着号子，一二三！那墙便剧烈地晃动起来，并且幅度越来越大。忽然，从墙顶上"扑啦啦"掉下一只羽毛未丰的小麻雀。"老学究"的孙子眼尖，欢叫一声就跑了过去。他刚跑到墙根处，那墙就在汉子们的号子声中倒了下来！"老学究"绝望地惨叫了一声，闭上了眼睛。

　　"轰！"墙倒了。"老学究"睁开眼睛，见小孙子完好无损地趴在自己怀里，疑是做梦。环顾四周，才发现少了老三。他打了个愣神，随即疯了般扑到墙土上，用两只枯瘦的老手拼命扒起来。

　　当人们把老三扒出来时，老三已经咽了气。"老学究"热泪盈眶，猛然长哭一声"志远哪——"就扑倒在老三的身上。

　　人们这才知道老三的大号叫"志远"。

要　账

太阳才一竿子高，柴庄的老柴就骑上他那辆扔到哪里都放心的破车子上路了。临出门，女人拽着车子叮嘱他，回来时别忘了捎瓶"久效磷"，这棉花再不打药就被虫子吃光了。他嘴里应着，不耐烦地推开女人的手，就上了车子。老柴去的村子叫后马屯。后马屯的老马欠老柴五百块钱，已欠了三四年。老柴下决心今天一定把这笔钱要回来。老柴一边骑着车子一边编织着见了老马后要说的话。老柴是个一说谎就脸红的人，所以老柴决定实话实说，就说娃考上了初中要交学费，就说自个和女人已借遍了村子没借到钱，请老马无论如何发发慈悲把钱还了。想到这里老柴就觉得今天这事很有把握。其实老柴昨天已去了一趟，和老马约好了今天去拿钱，老马也是爽爽快快地答应了的。

七八里路，老柴还没怎么着急赶就到了。老马的家就在村头上，院子是用秫秸围成的，没大门，老柴就熟门熟路地骑了进去。进了院老柴心里就忽悠了一家伙，屋门竟是上了锁的。老柴心里就有些生气，这个老马，咋又打听不住了呢？

天色还早，老柴就支好自行车，坐在北屋的门台上吸烟。老柴想反正是跑了和尚跑不了庙，我就早晚等着你。老柴一边抽着烟，一边暗暗计算他来这里要钱的次数。第一次来老马说卖了猪后一定还。第二次老马说他的猪半夜让狗日的给绑架了，下来庄稼卖了粮食一定给你。第三次老柴一进门老马就哭了，老马说老柴你今天一定要钱的话就把我的头割下来当猪头卖了吧，我的粮食交了公粮就剩下这点了。说着话老马顺手从屋子角上拎过半口袋麦子……算着算着老柴就记不清来过多少次了。日头暖洋洋地晒在身上，老柴就有些犯困。

老柴刚想迷糊过去，老马急三火四地从外面跑了进来，进门就诈唬，哟！大哥来了！瞧你，怎么不进屋？老柴刚想说你锁着门我怎么进去的话，就见老马抓住锁，咔吧一拽打开了门，老马笑嘻嘻地说咱这锁是糊弄洋鬼子的玩意儿。说着话极热情地把老柴往屋里让。

进了屋，老柴在冲门一把旧椅子上刚坐下，老马就开始问好，问老柴的爹老柴的娘老柴的老婆老柴的孩子都好吗？老柴一叠声地说着好，心想老马这人还是不错的，就有些不好意思起来。可老柴很警惕，及时地收起了那份不好意思，想谈钱的事。他刚张了张嘴，老马便使大劲"咳"了一声，老马说你看这事，怎么忘了给大哥拿烟。就手忙脚乱地拉抽屉开橱子，忙了半天却一根烟也没找到。老柴只好拿出自己的烟，递了一根给老马，老马极恭敬地用双手接过，放在鼻子下面闻了又闻，才小心翼翼地点着，吝啬地吸了一小口。一根烟抽到半截，老柴刚想说话，老马已先开了口。老马说大哥今天来一定是为那笔钱的事吧。老柴心想这还用说吗，昨天说好了的。老马的脸上顿时愁云密布，老马说刚才我出去就为这事，你猜我去给谁借钱了？老柴说我猜不到。老马说我给狗日的陈虎借钱了。老柴一惊，说你不是和陈虎翻脸了吗？老马说是呀，我实在没了别的法子才进了他家的门，可你猜这狗日的怎么说？老柴摇了摇头。老马一拍大腿说这狗日的说只要我给他跪下磕仨头，五百元立马拿出来。老柴又一惊，问，你磕了吗？老马说你猜呢？老柴说这头万万不能磕。老马说谁说不是呢？可我一寻思大哥您今天来拿钱，不磕头拿什么给您？我就磕了。老柴"忽"地站起来，惊问，你竟真磕了？老马说真磕了。老柴一急竟不知说什么好，围屋子转了个圈说你呀你呀，就再也说不出话来。老马说大哥你也别瞧不起我，这还不是为了还您的钱。老柴忽然就觉得挺内疚，老柴说，老马，真难为你了。老马说只要能还大哥的钱，磕几个头也没什么，可那狗日的又反悔了，说磕得不响，钱不借。老柴气急道，他这不是不讲理吗？老马说这狗日的就是不讲理了，我和他讲理，他三拳两脚就把我打了出来，你看看你看看。说着老马就指着脸让老柴看。老柴一看老马的脸上真有一块青紫的伤痕，心越发软了，老柴说，老马兄弟，这全怪大哥，大哥对不起你了。老马听了，竟趴在桌子上呜呜哭了起来。

老柴见天已近晌，老马又哭个不停，就起身告辞。老马却"噌"的一声蹿起来，用袖子擦了擦脸上的泪痕说，大哥走就是瞧不起人，我老马穷是穷一点，饭还是要管的。老柴见他这样说，就觉得走也不是留也不是了。老马却已忙活着翻腾那只脏兮兮的菜橱子，翻了半天没翻出什么，就一把拽住老柴道，走，咱去饭馆吃，我请你的客。老柴说你没钱怎请客？老马说这年头请客还用钱？谁不是赊着？说着话拽着老柴就走。

　　饭馆在村子中央的街面上，不大，只三张饭桌。两人在靠墙角的一张桌前坐下来，老马就张罗着点菜。老柴不断地说简单点简单点，老马还是点了四个菜。酒是当地生产的"禹王亭佳酿"，味道很纯正。两人一杯接一杯地对饮起来。老马不断地给老柴斟酒倒茶，老柴越觉得老马这人除了穷点，其他都好，就说了一些安慰体贴的话。两人越谈越投机，一瓶酒很快见了底。于是又要了一瓶，喝到一半，老马就撑不住眼皮，一边让着老柴"喝喝喝"，一边打起盹儿来。老柴也有了醉意，觉得再喝就回不去了，便放下酒杯说，老马，我喝足了，咱走吧。老马便摇摇晃晃地站了起来。

　　两人刚出了饭馆的门，老板就追了出来。老板抓住老马说，你还没算账呢。老马斜了老板一眼，醉态十足地说，记上账吧，赊着。老板一瞪眼说，你以前赊的还没还呢，这次不赊了。老马一用力甩开老板的手说，老子没钱，不赊又怎样？老板说你们没钱还喝什么酒？听见吵闹，就有人围上来看热闹。老柴见越围人越多，觉得这样下去怪丢人的，就一手掏出口袋里女人让买"久效磷"的三十元钱，塞给饭馆的老板，另一只手拽了老马就走。

　　老柴将老马送回家，安顿他睡下，就骑上自己的破车子上了路。风一迎，老柴就觉得胸腔间有一股火直往上蹿，渐渐地双眼迷糊起来。终于打了个盹儿，连人带车闯进沟里。冰凉的水一激，老柴清醒了些，他爬起来，看着满身的泥水，心想，老马这五百块钱是万万要不得了。

玉米的馨香

那片玉米还在空旷的秋野上葱葱郁郁。

黄昏了。夕阳从西面的地平线上透射过来，映得玉米叶子金光闪闪，弥漫出一种辉煌、神圣的色彩。

三儿站在名为"秋种指挥部"的帐篷前，痴迷地望着那片葱郁的玉米。

早晨，三儿刚从篷内的小钢丝床上爬起来，乡长的吉普车便停到了门前。乡长没进门，只对三儿说了几句话，就匆匆忙忙地走了。

三儿便在乡长那几句话的余音里呆了半晌。

明天一早，县领导要来这里检查秋收进度，你抓紧把那片站着的玉米搞掉，必要时，可以动用乡农机站的拖拉机。乡长说。

三儿知道，那片唯一还站着的玉米至今还未成熟，它属于"沈单七号"，生长期比普通品种长十多天，但玉米个儿大籽粒饱满，产量高。

三儿还是去找了那片玉米的主人——一个五十多岁，瘦瘦的汉子，佝偻着腰。

三儿一说明来意，老汉眼里便有浑浊的泪涌落下来。

俺还指望这片玉米给俺娃子定亲哩，这……汉子为难地垂下了瘦瘦的头。

三儿的心里便酸酸的。三儿也是一个农民，因为稿子写得好，才被乡政府招聘当了报道员，和正式干部一样使用。三儿进了乡政府之后，村里的人突然都对他客气起来。连平日里从不用正眼看他的支书也请他撮了一顿。所以三儿很珍惜自己在乡政府的这个职位。

三儿回到"秋种指挥部"的帐篷时，已是晌午了。

三儿一进门就看见乡长正坐在里面，心便剧烈地顿了一顿。

事情办妥了？乡长问。

三儿呆呆地望着乡长，

是那片玉米，搞掉没有？乡长以为三儿没听明白。

下午……下午就刨，我……我已和那户人家见过面了。三儿都有点儿结巴起来。

乡长狐疑地盯了他一会儿，忽然就笑了。乡长站起来，拍了拍三儿的肩膀说，你是不会拿自己的饭碗当儿戏的，对不对？

三儿无声地点了点头。

乡长急急地走了。

三儿目送着乡长远去后，就站在帐篷前望着这片葱郁的玉米。

天黑了，那片玉米已变成了一片墨绿。晚风拂过，送来一缕缕迷人的馨香，三儿陶醉在玉米的馨香中，睡熟了。

第二天一大早，乡长和县里的检查团来到这片田地时，远远地，乡长就看到了那片葱郁的玉米在朝阳下越发的蓬勃。乡长就害怕地看旁边县长的脸色。县长正出神地望着那片玉米，咂了咂嘴说，好香的玉米呵。乡长刚长出了一口气，县长笑着对他说，这片玉米还没成熟，你们没有搞"一刀切"的形式主义，这很好。乡长心里一块石头落了地，脸上一片灿烂，心想待会儿见了三儿那小子一定表扬他几句。

乡长将县长等领导都让进了帐篷。乡长正想喊三儿沏茶，才发现篷内已经空空如也。

三儿用过的铺盖整整齐齐地折叠在钢丝床上，被子上放着一纸"辞职书"。

乡长急忙跑出帐篷，四处观望，却没有看到一个人影。一阵晨风吹来，空气里充满了玉米的馨香。乡长吸吸鼻子，眼睛湿润了。

晚 点

男人慌里慌张地领着女人跑上站台时，车还没有进站。

男人听到一个手拿对讲机的执勤说，这班车要晚点一个小时。

男人的脸就灰了，说，车又晚点了，怎么老晚点。

小站很小。仅有一排四五间的平房，墙体上刷的油漆大部分脱落了，脱落了的地方露出水泥底子，像一幅抽象派的油画。

都三十年了，小站周围的变化很大，起了很多的楼房，高档的外墙装饰非常扎眼，更加衬托出小站的破败。

站台上仅有十几个人，都在来回踱着步子，耐心地等待火车的到来。

已是晚秋，风很凉。女人竖起上衣领子，对男人说，不行，咱回吧，待在这里俺心里不踏实呀。

男人说，别怕，没人会找你的，你毕竟不是三十年前的你了。

女人说，是呀，都老了……

三十年前，男人和女人都很年轻。在一次全县大会战的劳动中，男人和女人认识并相爱了。但女人的爹娘要用女人换回一个儿媳妇。男人家里是弟兄三个仨光棍，既没有姐妹可去换女人，也没有足够的彩礼去满足女人的爹娘。两人的事自然就没有盼头。但男人不信邪，约了女人私奔，女人犹犹豫豫地答应了。

一个夜晚，两人相约跑出了家门，来到了这个小站。那时的小站也是这个模样，但在两个年轻人的眼里还是非常新鲜的。他们在小站见了面后，都很激动，因为他们就要在一起了，谁也没法阻挡了。事先他们已经商量好了，去黑龙江投奔男人的一个姑妈。

本来两人的计划是天衣无缝的。男人已经事先问好了开车的时间，并提前买好了两人的车票。他们来到这里几乎正好是火车进站的时间。只要十几分钟，他们就可以双宿双栖了。

但是列车却给他们开了一个极其残忍的玩笑——车晚点了，晚了整整一个小时。

就在他们相偎着互相取暖时，女人家里的十多口人都找了过来。他们把男人打了个半死后，将女人五花大绑地弄回了家。

男人被家里人拉回家后，休养了一个月才下地。这时，女人已经被爹娘匆匆地嫁出去了。

男人又打了几年光棍，因为分了责任田，光景日渐好起来。男人虽已年近三十，但人长得魁梧，就有人上门提亲。但男人都拒绝了。后来，男人出人意料地去另一个村子当了"倒插门"，做了一家绝户的上门女婿。在农村，男人不到万不得已是不会走这一步的，因为"倒插门"就意味着"小子无能、改名换姓"，这是件丢祖宗脸的事。但男人宁可与家里人断了关系，也义无反顾地去做了"倒插门"。

后来有人才明白过来，春萍（即与男人相恋的女人）正是嫁到那个村子去的。

有人开始担心，担心两人再出什么事。但很多年过去了，两人都各自有了儿女，并没有什么事情发生。

日子一晃，男人与女人就都老了。男人的媳妇先去了，得的是肺病。后来，女人的丈夫也被一场车祸夺去了性命。

再在街上碰面，男人和女人的眼光就开始焕发出一种已经消失了几十年的光彩。两人差着辈分，男人得管女人叫"婶"，为了避嫌，两人几十年未说过一句话。

但男人不想再失去这一生中最后的机会，他大着胆子与女人约会，讲出了想破镜重圆的想法。女人犹犹豫豫地同意了。

但两人的事情再度遭到了强烈的反对。是双方的儿女。不是儿女不开化，是因为差着辈分，传出去太难听。

男人和女人耗了半年多，与儿女们也斗争了半年多，但最终未能如愿。男人与女人再次走上了三十年前私奔的旧途。

远远地，火车已经拉响了汽笛。站台上骚动起来。

男人抓住女人的手，有些兴奋地说，车进站了。

女人抬头看了男人一眼，叹口气说，到底进站了，上次晚点，让咱俩晚了半辈子呀。

车终于停在了站台上。但这时，女人的儿子、媳妇、闺女、女婿都来了，将女人强行架走了。临走，女人的儿子狠狠地瞪了男人一眼，那一眼好恶毒。

火车吐出一些人，又吞进去一些人，鸣着汽笛开走了。男人看着远去的火车，呆了半天，口水拖了一尺多长。良久，他喃喃地道，这次晚点，晚了我一辈子呀！

男人就天天来火车站等火车。但男人并不真上车，他只关心车是否晚点，并经常一边望着铁路的远方，一边焦急地看着手表。站上的人赶他，但赶跑了几十次，几十次都接着回来了。站上的人就不再管他了。

男人成了站台上一道持久的风景。

铺 邻

杨老三的羊汤馆开业那天，他的对面也开了一家铺子，是"老李家火烧铺"。

杨老三的羊杂汤是用羊骨头在蜂窝炉子上细火熬出来的，整整熬一宿，那真叫个香。羊杂是货真价实的新鲜羊下货，自己放了各种香料煮的。

几天后，杨老三的羊汤馆火了，不但近处的居民来喝，而且很多道儿远的顾客开着车来这里喝羊汤。杨老三陆续雇用了六个人，总算能照应过来了。

老李的火烧铺子也同时火了起来。他们两口子每天天不亮就开始和面，等有客人来时，已经做好了满满一大竹箩火烧。但这些火烧很快就会销售一空，他们再现做现卖，一刻也不得闲，门前还经常有十几个人等着。

人们吃早点的时间差别挺大，早一些的，六点就吃；晚一些的，能到十点。所以，上午这四个钟头，是喘气的工夫都没有的。只有过了十点，杨老三才能松口气儿。

这天上午，杨老三送走最后一位顾客，就遛到"老李家火烧铺"，掏出烟来，递一根给老李，叹口气说，真他娘的累死人了。老李憨厚地笑说，累了好啊，不累就坏了。杨老三问，老李，这整天这么累死累活的，一个火烧能赚多少钱呢？老李迟疑了一下，但随即就笑了，说，当着你这明白人不能说假话，一个火烧大体是赚两毛钱左右吧。杨老三就在心里算了一笔账，自己每天卖一千多碗羊杂汤，老李就卖一千多个火烧，这还不算饭量大吃俩火烧的，这一千个火烧就赚两百块钱哪，一个月下来就是六千块呀！自己雇用了这么多人，每月除去各种费用，也不过赚七、八千块钱，这老李就俩人，却赚这么多……正想着，老李递过来一根烟说，咱这是秃子跟着月亮走，沾大兄弟的光呀！杨老三接过烟，笑了，笑得有些勉强。

从这天起，杨老三就有了个心病：老李每月这六千块钱是我这羊杂汤馆帮他赚的呀！要是这六千块钱是自己的多好……

几天后，杨老三做了一件大事儿：他在自己铺子旁租了间房，又开了一家火烧铺。他知道学不来老李的手艺，就弄了套现代化的电烤炉，按着使用说明试验了几次，也烤出了像模像样的火烧。他又雇用了两个人，专门做火烧。

开始的几天，还真的卖了不少，很多人图个新鲜，也尝一尝杨老三的火烧，这一尝，每天就尝去了几百个。可几天以后，销量就开始大幅度下降了，一天只能卖几十个了。杨老三发现，只有对面的火烧铺没了货时，才有等不及的顾客来买他的火烧。一个月下来，杨老三的火烧铺子亏了不少，但羊汤馆的生意还一如既往地忙，经常有人端着碗找不到座位。这使杨老三想出了一记狠招，他做了一个大牌子，写上：本店谢绝自带火烧。杨老三想，反正我这羊汤馆经常爆满，少来几个人也无所谓。

杨老三的这一招起初给他带来了点麻烦，有几个顾客不满意，和店里的员工发生了争执。但杨老三在这件事儿上一点儿也不含糊，他态度非常明确：本店就是这么个规定，谁不高兴可以自便。

有几个人被气走了，并扬言再也不来了。但杨老三的羊汤馆依旧兴隆。

"老李家火烧铺"门可罗雀了。老李硬撑了几天，后来在一个晚上悄悄搬走了，不知去向。

老李搬走后，杨老三的羊汤馆也发生了变化。先是开车来的人不见了，后来只有在附近居住的老顾客来吃饭了。连续多天，杨老三每天只能卖出二百多碗羊汤，二百多个火烧，他自己算了算，这样下去，每个月还赚不了两千块钱，比以前光开羊汤馆时差远了。

杨老三急于想找出原因，他从自己的羊杂和羊汤上都没有找出任何毛病，就问一个老顾客，我这羊汤还是以前那羊汤吗？

老顾客是位退休教师，他说，你这羊汤还是以前的羊汤，只是这火烧，可差了远了。

杨老三说，你们来这里不就是为了喝羊杂汤吗？对火烧还这么计较？

老顾客说，吃着老李家那外酥里软的火烧，再喝你这羊杂汤，那真是香到心里去了，没了他那火烧，你这羊汤的味道大打折扣呀！

杨老三半晌无语。

飘飞的汇款单

杨树屯是个穷村。杨树屯的特点是光棍特别多，尤其是冬闲时节，光棍们都聚在村委会的门口晒日头、扯闲篇，一聚就是十几个、二十几个，已经成为本村的一大景观。

越是光棍多的村庄，就越难找到媳妇。这其中的原因，除了因为村里光棍多出了名，姑娘们不敢垂青外，还有一个非常重要的原因：那就是打"破头血"的特别多。打"破头血"是鲁西北一带的方言，也叫"扒瞎"，就是把别人的好事搅黄的意思。打"破头血"的人，多为光棍的父母，因为身为光棍的父母，村子里的光棍越多，他们的压力就越轻，如果别人家的光棍都娶上了媳妇，那自己的孩子可就孤单了，那自己就显得太窝囊太无能了。因此，就使出吃奶的能耐来从中搅和。这样一来，村里的小伙子只要过了二十三四岁，被打入"光棍"的行列后，就很难再有娶上媳妇的可能了。

村西头的四顺子有三个儿子，老大已经二十六岁了，还打着光棍。而且如果老大打了光棍，老二、老三的媳妇更是炮仗扔到水里——想（响）也别想。村里就有和四顺子不相上下的老哥儿仨，五十上下了，至今还都"棍"着。因此，四顺子的三个儿子打光棍那基本上是铁板钉钉的事了。

但令村人意想不到的是，四顺子的大儿子居然进了城，说是跟他姑夫学做生意去了。那年月还没有出门打工这种事，所以能进城就很令人羡慕。更令人意想不到的是，一个阳光明媚的上午，乡邮局的投递员骑着绿色的自行车飘然而至，问晒日头的人们，杨四顺在不在？四顺子便大声地喊，在呢，在呢。投递员一边从文件夹子里取出一张绿色的汇款单，一边说，有汇款，回家拿手戳。四顺子便屁颠屁颠地跑着回家取手戳了。人们便都围上去看那张汇款单，一看，便咋舌：好家伙！三百块哪！顶一个乡干部三个月的工资哪！一看汇款人的名字，竟然是杨四顺的大儿子！人们便赞叹：哎哟！人家的孩子怎么这么出息呀！

自此，每到月初月末这几天，投递员便翩然而至，来了就喊，杨四顺，拿手戳！自从第一次接到汇款，四顺子就把手戳柄部钻了个眼儿，用一根麻绳穿了，系在了裤腰带上。他总是边从裤腰带上解手戳边对周围的人说，这样方便，省得老回家去拿。好像他们家天天来汇款。

四顺子的大儿子出名了，成了周围无人不知的大能人。不用说，提亲的踏破了门槛。

但四顺子并不张扬，有媒人来，他就笑，就说，俺家可么也没有，穷着哪！媒人也笑，人家不论穷富，就图一个人。

提亲的太多了，这四顺子一家竟挑花了眼，不知订哪家好了。后来，邻村有一家托媒人捎来了话：只要亲戚能成，可以不要彩礼。四顺子一听，这才到城里把大儿子领了回来。大儿子人长得帅气，又穿着和乡下人不一样的西服，就更加鹤立鸡群。女方看了一百个满意，像怕女婿跑了似的，前脚定了亲，后脚就催着娶，于是，不到一个月，新媳妇便进了门。

大儿子娶上了媳妇，主要任务是延续后代了。大儿子便把城里的生意交给了老二，一心一意在家里一边侍弄庄稼一边侍弄媳妇。

老二去了城里后，不负众望，每月仍有绿色的汇款单飘然而至。

提亲的人再次踏破了四顺子家的门槛。四顺子仍哭穷，仍然咧着嘴说，俺家里可么也没有呀！媒人就笑，人家还不是图你家的小子有能吗？人家不要彩礼……

不出两年，四顺子的三个儿子都娶上了如花似玉的媳妇，嫉妒得一村人眼红。四顺子的儿子不再去城里做生意了，说是城里的生意不好做了。四顺子就带着一帮儿子、儿媳搞养殖，养鸡、养鸭、养猪，日子眼看着就红火了起来。不出五年，四顺子给三个儿子每人盖了一处红砖到顶的新房子，三处新房子在全村的土坯房衬托下更是鹤立鸡群。

四顺子日子过好了，就染上了饮酒的嗜好，整天满脸带着红光。儿子儿媳们当然不敢说什么，老爷子是全家的有功之臣呀！

　　在一次酒后，四顺子说出了心里埋藏了很久的秘密。四顺子说，城里的钱哪那么好挣呀，那都是孩子他姑夫的钱，汇过来，我再给他汇回去，下个月，再汇过来，就这么捣腾捣腾，儿媳妇就自动上门了……这有了人气，还愁日子过不好吗？

　　村人才恍然大悟，都骂四顺子是一只狡猾的老狐狸，是大骗子。但骂过了，又一琢磨，人家的日子确实过到了全村人的前头，还得说人家有本事呀！

《卖油翁》 新编

　　冬天无事，被村人称为"小精人"的赵小利睡到日上三竿才起床。他正想上茅厕，大门外传来了叫卖豆油的声音。

　　赵小利出了大门，见一高大的魁梧汉子推着独轮车，边走边吆喝，打油喽……打油喽……独轮车的两边放着俩油桶，恐怕每桶不下百十斤。汉子穿着极为破旧，身上的衣服补丁摞着补丁，四方大脸，表情略有些痴呆。

　　赵小利问，你的油多少钱一斤？

　　那汉子憨憨地答，一块五。

　　赵小利说，人家别人卖的可都是一块四。

　　那汉子又笑说，一块四就一块四。说着话，放下车把，把车停稳。

　　赵小利见汉子答应得爽快，暗暗后悔价给得高了。他见桶沿上挂着油壶子，就搭讪着问，你这一壶子多少？

　　那汉子将壶子摘下来说，一壶子四两，两壶子半斤。

　　赵小利以为自己听错了，往前探了探头又问，多少？

　　那汉子说，一壶子四两，两壶子半斤。

　　赵小利重新打量了一下那汉子，问，大兄弟，你是哪个村的？

　　汉子不好意思地搔了搔后脑勺说，远了去了，东北乡刘胡庄的。

　　赵小利说，哟，这可三四十里呢。大兄弟怎么称呼？

　　汉子说，俺原本叫刘大青，俺村里人都说俺傻，都叫俺刘傻青，反正你进村一说找傻青都认识。说完，就摸着后脑勺"嘿嘿"地傻笑。

　　赵小利回家拿来了塑料油桶，说，看你这么远也不容易的，就打五斤吧。

那叫刘傻青的汉子就给他整整打了二十壶。赵小利迅速地从心里算了算，一壶子四两，两壶子是八两，二十壶子就是八斤，他正好多给了三斤油。付完钱，赵小利回到家里，赶紧拿出秤来称了称，果然，整整八斤，秤杆还撅得老高。

中午，赵小利让老婆用新打的油炒了个菜，嘿，这油还真是不折不扣，香着呢。

不到半天，赵小利打油占便宜和"一壶子四两两壶子半斤"的故事就传遍了整个村子。

村里有好事的女人便三三两两地涌到赵小利的家里。每来几个人，赵小利都会声情并茂地讲傻子卖油的故事，听得人直咋舌，都说，这个人，还真是个傻青。有人还拿起赵小利盛油的塑料桶子左看右看地研究那油。赵小利便极得意地叼着烟，坐在椅子上吞云吐雾。后来，不知谁突然说了一句，不知那个傻青还来不来？

这一下，引起了众人的兴趣，都攒足了劲，等那傻青来了后多买点儿。最后，众人一致决定，不管谁看到那个傻青来卖油，都不准自己吃独食，得挨家送信。

村人们望眼欲穿地等了半个多月，那个汉子真的又推着独轮车来了。

最先看到他的是支书的女人王香香，王香香一看见他，就觉得很像赵小利说的那个人，王香香就问，哎，卖油的，你的油是一壶子四两两壶子半斤吗？

那汉子放下车把，不好意思地摸了摸后脑勺说，是的是的，一壶子四两两壶子半斤，都卖了好几年了。

王香香大喜，一边风一样跑回家拿了个大油桶，一边嘱咐男人从大喇叭上给广播一下，就说卖油的来了。

不消一刻，小小的独轮车旁就围满了打油的人。

那叫刘傻青的汉子可忙坏了，不断地打油、收钱、找钱，大冬天的，竟忙出了一脸的汗。

两大桶油，足足有二百斤，就在一袋烟的工夫全部打完了。还有一些没打到油的，不甘心地围在独轮车旁问那汉子，还来不？

那汉子就憨憨地笑，一边擦汗一边说，来，来，不来油卖给谁去。

汉子在众人恋恋不舍的目光中推着他的独轮车走了。

中午，家家户户的房顶上都飘起炊烟的时候，打了油的人们都涌上了街头，聚到了刚才打油的地方。人们中午都用新打的油炒了菜，却一点儿香味也没有。她们打的，是几毛钱一斤的菜子油还兑了一半的水，这个当可上大了。

人们愤愤地怒骂了一通那挨千刀的汉子后，有人忽然说，赵小利怎么没出来？

又有人说，好像打油的时候也没见到他。

人们又都涌到了赵小利的家里。

赵小利仍然叼着烟吞云吐雾，等众人说完了骂完了之后，他才不紧不慢地说，这一次，我一斤也没打。

王香香问，你怎么不打？

赵小利说，我总琢磨着不对劲儿，我还想起了那句老俗话：南京到北京，买的不如卖的精啊。

众人一听，又纷纷指责他：你怎么早不说，眼看着我们这些乡亲上当？

赵小利冷笑了一声说，早说？早说你们谁肯听我的？你们能放弃到手的便宜吗？

众人哑然。少顷，尽散。

苜蓿地的守望者

祝从武是我们村的一个怪人。他本来是这个村土生土长的，解放前，因吃不饱饭，带着一个弟弟下了关东。解放后的一天，他忽然一个人回来了，还带着一口黑漆漆的木头箱子。他家里的人，却因为连年的战争和灾荒死光了，无人居住的土房子也早已倒塌。

党支部和村委会见他无处安身，为了照顾他，就让他干了个好差事，看管仓库和苜蓿地。从此，他就白天待在苜蓿地里，晚上睡在仓库里，既挣了工分，也把住的问题解决了。

祝从武的怪，主要表现在说话和女人方面。他几乎不怎么说话，村里很多人没听他说过一句完整的话，问他什么，他都是哼着哈着，声音极低，像嗓子里堵着什么东西。不熟悉他的人，很容易把他当成哑巴。对于女人的问题，他就更怪。刚回村时，他已经四十岁了，却只有三十五六的样子，模样儿也算清秀，关外的风沙没有把他变老，反而看着比村里的同龄人年轻好几岁，真是怪了。村里的媒婆七婆婆就给他保媒，把刚刚三十出头的寡妇秋莲介绍给他。那秋莲长得俊秀，在农村算是上等人才，图他个无牵无挂的清静，一口就同意了。但他却死活不开口，只把头摇得像货郎的拨浪鼓。七婆婆苦口婆心地劝了他大半天，他也没个响儿，七婆婆恼了，临走扔下一句话，这个条件的你还不知足，就打一辈子光棍吧！

祝从武就真的打了一辈子的光棍。但祝从武和一般的农村光棍有很大的不同。农村的光棍汉，十个有九个半不讲卫生，都邋邋遢遢、胡子拉碴的。而祝从武住的仓库里，却永远干干净净的。他衣服上也难见污点，更难得的是，他好像天天刮脸，脸上什么时候都是光光滑滑的，少有的干净。

村里养了十几头牲口，耕地耙地的，就全靠这十几头牲口，可以说，这些牲口是全村人的命根子。而祝从武看管的苜蓿地，是这些牲口一年的口粮，也是牲口的命根子。由于村里地少，产量又不高，村里各家各户的口粮也都很紧巴，赶上春脖子长的时候，家家的口粮都接济不上。怎么办呢？就挖野菜，以菜代粮。但野菜再多也经不起大家都挖，很快就挖不着了。这时，很多人就打起了苜蓿地的主意。春天，苜蓿刚刚长出新芽，才一揸长的时候，拔下几把，洗净切碎，撒上点儿玉米面子，放锅里一蒸，就是极好的苜蓿糕，美味又能代饭。祝从武却看得很紧，他每天都在这几亩苜蓿地里转来转去，中午吃饭也不回，在地头上啃一个凉窝头了事。想偷苜蓿的，只能等晚饭那个空档，抓紧到地里捋两把，放在筐头子里，上面盖上几把野草，匆匆忙忙地赶回家，就着鲜劲儿做着吃了。晚上是没人敢去的，村口有民兵值班，即使弄到手也弄不回家里来。

　　这天傍晚，祝从武可能是转得乏了，躺在地头的沟沿上睡着了。等他醒来的时候，天已经擦黑了。他爬起身来，四处一看，恰好看到有人背着个筐匆匆忙忙地向地外面跑。他撒腿就追了上去。偷苜蓿，向来都是半大孩子和妇女干的事儿，大男人是不屑干的。平日里，祝从武看到有人来偷，老远就做出轰鸡的姿势，撵走了事儿，即使看到来人已经拔了苜蓿，也不死追。但是这天，他看到这个人下手太狠了，竟然趁天黑拔了满满一大筐，足够一头牛吃三天的。他就加快步子追上去，一把抓住了筐头子。那人回过头来，他认出是七婆婆曾给他介绍过的寡妇秋莲，现在是村西头胡老四的老婆了。秋莲见跑不掉，索性不跑了，把筐放到地上，喘着粗气说，你放俺一马吧，家里好几张嘴等着哩。祝从武看着她，没说话。秋莲说，就算俺求求你了，那时俺本想跟你的，你不要俺，也算欠了俺一个情分。祝从武还是不说话。秋莲急了，推了他一把说，行不行你倒给个话儿呀！祝从武缓缓地摇了摇头。秋莲四下看了看，见没有人影儿，就说，你要把这筐苜蓿给了俺，俺就和你好一次，你这么长时间不沾女人，就不想？说着话，秋莲就解开了裤腰，作势欲往下褪裤子。祝从武还是摇了摇头。秋莲见最后的武器也失灵了，就抬高了嗓门道，俺再最后问你一次，行不行吧？祝从武弯下腰，把筐里的苜蓿一把一把地往外掏，掏完了，把筐扔给了她，扬手让她走。秋莲忽然扑到他的身上，又撕又咬，嘴里大骂道，你这个断子绝孙的东西！你不让俺好，你也甭想好……随即就脱自个儿的衣服，边脱边大喊，快来人了！强奸哩……祝从武拼命挣扎，秋莲却下了死手，抱住他的腰就是不松。

恰好，今晚值夜班的民兵已经来到了村口，听到喊声就赶了过来。秋莲这才放开祝从武，边整理衣服边哭道，这个畜生，想用一筐苜蓿换俺的身子哩，想得美哩，俺不从，他还要硬上哩……

事情很快惊动了村支书，连夜开了祝从武的批斗会。在会上，秋莲又哭又闹、寻死觅活地控诉祝从武如何用苜蓿诱奸不成，又想强奸她……那时候，没有现在这些先进的检验技术，男女之间的这种事儿，只要女的死咬住不放，男的浑身是嘴也说不清楚。更何况，祝从武自始至终一言未发，问到他，他也只是一个劲儿地摇头。批斗会开到半夜，支书见再也问不出什么，就打着哈气宣布散会，让两个民兵先把祝从武关押起来，明天再说。

第二天一早，两个民兵打开临时当作禁闭室的大队部，却发现祝从武已吊死在房梁上。

村里出钱发送了祝从武。治丧小组给他洗身子时，看到他的下身竟然没有男人的那套家什。在这同时，给他整理遗物的人，从他那口黑箱子里，发现了一套类似于戏装的衣服。村小学的邹老师解放前曾在县里的中学教过书，是村里最有学问的老先生了，他拿过那套衣服仔细看了看，说，这是宫廷里的太监穿的，这祝从武呀，没准儿当过伪满洲国的皇宫太监呢！

这一来，村支书觉得祝从武要强奸秋莲，明显存在一个设备不足的问题，就想找她来再问一问，毕竟是人命关天哪。没想到，秋莲一听到信儿就跳井自尽了。

# 羊 汤 馆

老六的羊杂汤馆是从摆地摊干起来的。

几年来，老六和老婆双双下岗，在走投无路的情况下，试着在小区门口的一块空地上摆上了羊杂汤摊子，陈设极简陋，几张小矮桌，几个马扎。

但老六的羊杂汤很快火了起来，小矮桌从几张增加到十几张，后来，又增加到了几十张。每天一大早，他的羊汤锅周围坐着一大片人，吵吵嚷嚷，煞是热闹。

大家都爱喝老六的羊杂汤，是有道理的。一是老六的汤好，全是羊腿骨从中间断开，露出白生生的骨髓后下锅熬的；二是老六舍得下本，购买的是整套的羊下货，羊头羊肚羊心等好东西一样不缺。不像有的小摊贩，为了省钱，只买些羊肺羊肝等便宜货。

几年后，老六买了两间临街的二层楼房，一楼做羊汤馆，二楼居住，总算安顿了下来。

羊汤馆开业后，因为卫生条件和就餐环境有了很大提高，老六的生意更加红火了，餐馆里天天人满为患，每天都从早上七点忙到九点多。

羊杂汤是早餐，所以，一到了中午和晚上，老六的羊汤馆就变得冷清了，只有少数不愿回家吃饭又没有饭局的人才到这里来对付一顿。

老六很苦恼，就常把这事儿给来喝羊汤的客户念叨。后来，一个做生意的客户给他出了个主意：早上卖羊汤，中午和晚上卖凉拌菜和炒菜，要突出特色，以羊为主。这个主意让老六茅塞顿开，做羊身上的菜，咱拿手呀！

老六开始在早餐时给客户们做宣传工作，让他们中午或晚上来尝尝他做的扒羊脸、羊肠炖豆腐等特色菜。果然，就陆续有人来了，老六用心做菜，很快就赢得了很好的口碑，中午和晚上餐馆里也忙了起来。

忙了几天后，老六一算账，嘿，这做菜比卖羊杂汤的利润可高多了。

不久，老六发现了一个问题。因为做菜需要的原料多，羊下货里的好东西如羊肠、羊肚、羊脸等又是人们爱点的菜，所以，每天进的全套下货里，这些东西都早早卖光，而其他如羊肺羊肝等东西，每天都剩下不少，日日积累，冰箱里都塞满了。怎么办呢？再这么下去，冰箱里都盛不下了，如果不整套购买下货，只买羊脸等上等货，会增加不少成本。老六思来想去，决定调整羊杂汤里羊杂的比例，多放羊肝羊肺，少放羊脸等好东西。因为喝羊杂汤的人多，采取了这个办法后，冰箱里积累的羊肺羊肝很快就下了大半。老六尝到了甜头，从此，羊杂汤里放的好东西越来越少了，而省下来的这些好东西，全部用到了做菜上，每天的收入都很可观。

因为每天都有可观的进项，老六忙得特别开心。每天早中晚三餐时间，他都在灶间手脚不停地忙碌着，尽管很累，但他却干得很起劲。

慢慢地，老六觉得自己开始不那么忙碌了，竟然有了喘口气、抽支烟的时间，这在以前，是不可想象的。

几天之后的一个早晨，老六惊异地发现，自己在灶间已经基本无事可做了。他来到前面的餐厅，发现吃饭的只有几个人。这时节，天气已经转凉，根据多年的经营经验，这应该是生意最好的时候，为什么会没有人来呢？

没想到，这仅仅是一个开端，以后的几天，不但早上喝羊杂汤的人少多了，连中午和晚上来吃菜的人也不见了。老六很着急，但又毫无办法。

这一天早晨，已经八点多了，老六的羊汤馆空无一人。老六正想舀碗汤自己吃饭，一个老主顾带着孩子走了进来。老六赶紧招呼着，忙不迭地端汤、拿火烧。

那老主顾也不和老六搭话，只催着孩子快点儿吃。

老六在一旁的空座上坐着，忍不住问，您咋这么长时间没来？

老主顾看了他一眼，笑了笑说，不瞒您说，就这，还是在韩氏羊汤馆坐不下了才来的。

老六恍然大悟，原来，人家都换了地方吃饭了。

老六问，怎么不来这了？我的羊汤不好？

老主顾放下汤匙说，你既然问了，我就实话实说吧，你这羊杂，全是些肺子和肝，好东西基本见不到，这样的羊杂汤谁喜欢喝？

老六说，我做的菜用的可全是好东西，怎么也都不来吃菜了呢？

老主顾慢悠悠地说，你的招牌是羊杂汤，中午和晚上来你这里点菜喝酒的，大多都是早晨喝汤的熟客，说白了，都是羊杂汤引来的人，现在你的羊杂汤没人喝了，以前靠羊杂汤聚起的人气也就没有了呀！

绑　架

已经是第三天了，送钱的事儿还毫无消息。

二贵看着被绑在角落里的苟三，一根接一根地抽着劣质香烟，眼睛里布满血丝。

兄弟，给我一根烟吧。苟三哀求道。

二贵一言不发，从口袋里掏出已经挤扁的烟盒子，里面还有五根烟，全被挤得不成样子了，就像二贵现下的生活。二贵从中挑选了一根保留得较好一点的，送到苟三的嘴里，然后，替他点上。

二贵绑架苟三，纯属无奈。二贵是一个民工，常年在外面打工，结果妻子在家红杏出墙，后来抛下七岁的儿子跟一个男人跑了。二贵只得把儿子接到他打工的城市，送进了一家条件很简陋的私立小学。本来，爷儿俩在一起也挺好的，尽管儿子的学费用去了他每月收入的三分之一，可只要儿子在眼前，二贵就觉得这日子有盼头。不幸的是，眼下，儿子病了，住在本市的中医院里，医院张口就要五万元的押金，缴不上押金，医院就不安排手术。

二贵借遍了所有能借到的工友、老乡，只凑了一万多元。这些工友、老乡也都是建筑工地上的农民工，每到过年，老板才发薪水，平时，只发一点儿可怜的生活费。

被逼无奈的二贵决定铤而走险。在选择下手目标的时候，二贵想起了苟三。苟三是一个商人，年近五十，这几年赚了不少钱，在郊区一个风景秀丽的地方建了一栋别墅，娶了一个二十多岁的漂亮女人。二贵之所以想到他，是因为那栋别墅是二贵他们给建的。当时二贵还想，在这么个前不着村后不着店的地方过日子，如果碰到个什么事儿，喊破喉咙也没人听见呀。

二贵在苟三门前的树林里守了两天两夜，终于发现了苟三的一个习惯。苟三喜欢晚饭后在他别墅附近的野地里散步。于是，第三天，苟三刚一出门，就被二贵罩进了一只麻袋里，然后，二贵扛着他就跑。苟三在里面又喊又叫，又扭又踹，但丝毫不起作用。二贵一口气就把他扛到了这里。这是荒野里的一个砖窑厂，由于现在地方政府不允许再烧砖，窑就废弃了，但窑洞内很宽敞，且空无一人。二贵就把苟三扔在了一个不易发现的偏窑里，然后，掏出手机，让苟三给他老婆打电话，拿五万元钱赎人。

苟三给老婆打完电话后，居然笑了。苟三说，兄弟，你可把我吓坏了，我以为你要多少钱呢，这区区五万元钱，用得着使这种手段吗？

见二贵不出声儿，苟三又说，你知道你在干什么吗？这是绑架，是犯罪，看你的样子也不像坏人，你要真的有难处，找到我的门上，我会送你五万元的，你何必冒这个险呢。

二贵羞愧地低下了头。过了好久，他才含着眼泪把儿子的事儿说了。

苟三叹了口气说，你也不打听打听，我一年光救助穷困学生，就要掏几十万，你遇到这么个难处，给我说一声，我能不给你吗？你这么做是在毁自己呀。

二贵咬了咬牙说，只要儿子的病治好了，我就去自首。

苟三摇了摇头说，你自首了，你儿子怎么办？

二贵蹲在地上，双手拼命地抓自己的头发，一会儿，就落了满地的碎发。

苟三说，好吧，等钱送到了，我们就分道扬镳，这件事儿就当没有发生过。记住，以后可千万不能再干这种蠢事了。

二贵一个劲儿地点头。

三天过去了，两个人吃完了二贵准备的所有食物，钱却仍然没有送到。

电话每天都打，苟三的老婆每次都应得好好的，说是一会儿就送到。但却一直不见人影儿。

苟三有些担心了，他问二贵，这个娘儿们，她不会是报警了吧。

二贵用两只疲惫的眼睛直勾勾地盯着他，却一言不发。

苟三又说，不会的，她不会拿我的命做赌注的。

其实，二贵已经从内心里可怜起这个有钱人了。

就在刚才，女人给他发了一个短信，让他做掉苟三，她付二十万元。

二贵在心里掂量来掂量去。

苟三捐助穷困学生的善举二贵早有耳闻，在为他家建别墅的时候，二贵和工友们每天下了班后，谈得最多的，除了女人，就是苟三。

可是苟三怎么偏偏就娶了这么一个恶毒的女人呢？

二贵掏出匕首，走近了苟三。

苟三一惊，叱道：兄弟！别干傻事！你儿子还等着你呢。

二贵几下将苟三身上的绳子挑断，叹了口气说，我们都是可怜人呢，你有钱又怎么样？

说完，二贵扔下匕首，头也不回地走了。

直到走出这片窑场，走上乡间小路，二贵才有些害怕起来。毕竟，是他绑架了苟三，如果苟三报了警，自己"进去"是小事，儿子怎么办？

他开始留意过往的车辆，想打车尽快赶到中医院，然后带儿子逃回老家，到了老家，兴许能在街坊邻居和亲戚们手里凑足儿子的手术费。

可在这荒郊野外，连辆出租车的影子也见不着，私家车过去了几辆，可二贵怎么摆手人家也不停。二贵只得撒开脚丫子猛跑起来，累了，就靠在树上歇一会儿。跑了三个多小时，终于到了城边上，也终于打上了一辆出租车。

二贵赶到儿子的病房时，发现床已经空了，一个护士正在收拾。他感到有些不妙，颤着声儿问，这床上的小孩呢？

护士边忙活着边说，进手术室了，估计这会儿快做完了。

二贵又找到了手术室，儿子刚好被推出来，见了他，微弱地叫了声，爸爸！

二贵的眼泪像小溪一样淌了下来。

推车的护士摘下了口罩，高兴地对他说，你儿子的手术非常成功，疗养一个多月就可以出院了。

二贵诧异地问，那，钱怎么办呢？

护士也诧异地问，你不知道吗？有位姓苟的先生刚刚为你缴了十万元，连后期的疗养费也足够了。

二贵脑子里灵光一闪：是他，一定是他。

二贵对儿子说，儿子，你在病房里等着爸爸，爸爸出去一下。

二贵想，等会儿见了他，一定给他磕个头，向他发誓，这钱我一定会还！同时，还要告诉他，注意身边的那个女人……

可二贵刚出了医院的楼梯间，就见两个警察冲他走了过来。后面跟着的，是苟三，整张脸上写满惋惜。

遍地地瓜

刚收了玉米，还没种上麦子，公社的通讯员小赵来下通知，后天公社领导陪县领导来检查秋收工作，来避雨屯村重点检查地瓜的收成情况，最后还要搞评比，评先进。

村长大江烦得直挠头。

别的生产队，种地瓜用的都是春地。"春地"是鲁北地区的叫法，就是春天种秋后收的意思，一年只种一季庄稼。而鲁北地区的土地，大多一年都是两季，夏天收了麦子播玉米，秋后收了玉米再耩麦子。一般来说，用作春地的都是些没有地力的白土地或沙土地，种麦子和玉米都不成，才当作春地来种地瓜或棉花。可避雨屯没有白土地和沙土地，全是些肥沃的黑土地。大江舍不得用黑土地来做春地，但地瓜不种又不行，这不仅是上面的硬指标，那年月，家家户户过日子都离不了地瓜，生产队养的猪更离不了地瓜，当然，要喝"地瓜烧"也得用地瓜干去换。大江就划出两块地来，种"麦茬地瓜"，即夏天割了麦子后种上地瓜，秋后收了地瓜再种麦子。黑土地种地瓜本来就不对路，再加上生长周期比春地地瓜短两个月，产量低不说，地瓜的个头也小。

事事都爱争个上风的大江，觉得这次可能要栽了，一整天都耷拉个脸。

晚上，大江正就着咸菜喝闷酒，会计大牙忽然登门，他极神秘地小声向大江献了一计。大江听完，紧锁的眉头顿时舒展开了，赶紧给大牙倒了一碗酒，接着喊老婆，当家的，给炒一盘鸡蛋，犒劳犒劳大牙这狗头军师。

老婆桂花虽然心疼鸡蛋，但见愁了一天的男人高兴了，狠狠心，磕了两个鸡蛋，切上了两棵大葱，端上桌时只见葱不见鸡蛋。就这样，俩男人也乐得不行，猜拳行令，喝了一斤多"地瓜烧"。

第二天，避雨屯生产队的钟声比往常早敲了一个钟头。

大江看着从四面八方聚到队办公室门口的社员们，一个个懒懒散散的，有的还揉着睡眼，有的脸都没洗，还有几个社员大声抱怨钟敲得太早了，还让不让人活了。

但大江一句话就让大家长了精神，停止了抱怨。

大江说，避雨屯生产队的老少爷们，兄弟姊妹们，今天早一点儿出工，每人记一个半工分。

虽然工分不值钱，但每天多这半个工分，抵平时干一天半的，大家还是高兴的。

接下来，大江给大家分工。

避雨屯生产队种了两块"麦茬地瓜"，一块在村西，是去公社的必经之路，也是本公社的交通要道，这一块地大约十亩。另一块地瓜地大约十五亩，在村东的河套里，三面环水，只有一条土路可以进去，道路又窄又凹凸不平，平时没事谁也不会去那里，公社领导来视察，也从来不去那里。

按照昨天晚上大牙的妙计，大江把社员们兵分三种，一路去村西，一路去村东，一路套上牛车搞运输，把村东地里收的地瓜，捡个儿大的运到村西的地里，和村西地里刨出的地瓜堆放在一起。个儿小的，就留在村东的地里，日后没事的时候再运回村里。

有多给出的半个工分，社员们干得很起劲儿，没吃饭的，跑回家拿了个大饼子，就着大葱，走到地头就把饭吃饱了。

到黄昏时，村西的地瓜全部刨完，村东的地瓜也全部刨完，个头儿大的都运到村西的地瓜田里。

二十五亩地的地瓜全部放在十亩地里，把这一片土地都遮住了，站在地头上往里一看，遍地都是地瓜，在夕阳的映照下，十分壮观。

大江看着眼前的景象，乐得嘴都咧到了耳朵边上。

大江对站在一旁的大牙说，大牙，今天晚上我还请你，不过，不能在家里了，上办公室，你一会儿就去代销店打酒，整点儿长果仁，再拿两个罐头，记在队里的账上。

大牙说，那也不能仨菜呀，伺候吹鼓子呢，我再拿瓶面酱，整个大葱蘸酱，凑四个。

晚上，大江又喝了个六二迷糊。

第三天上午，大江在村西的地头上等了整整一个上午。他把其他社员都安排去收玉米，自己一个人瞅着遍地的地瓜，越瞅越高兴。等到秋阳移到南边，遍地的地瓜更是辉煌。

可是，公社领导一直没来。晌午的时候，妇女主任米秀芹跑来告诉他，公社领导和县领导已经来过了，不过，没来村西的这块地，到村东去看了。

大江一听，脸都绿了。留在村东的地瓜，最大的只有小孩子的拳头那么大，并且每隔五米才有稀稀的一细溜儿。

几天后，事情的结局尘埃落定，大江因为弄虚作假，生产队长被罢免了，重新改选大牙当了队长。

至此，大江才想起，大牙一直有当队长的梦想。

沉重的父爱

十八岁的晓良怎么也无法理解父亲的举动。

晓良患的是肾衰竭，这个病只有换肾才能康复。得到这个不幸消息的当天，父亲就当着医生和全家人表态：他要捐自己的一个肾给儿子。

当时，晓良和妈妈都流下了眼泪。因为根据医生的说法，有直系血缘关系的人捐肾，手术效果是最好的。为了儿子，父亲亲自捐肾，本来也是情理之中的事儿。但晓良和妈妈都知道，父亲公司的事务很多，他若是动了切肾手术，会很长一段时间无法工作，这对于一直视工作为生命的父亲来说，甚至比失掉一个肾更加痛苦。

这几天，晓良一直被推到各个检查室，做术前的各种检查。

各种检查的结果都非常好，晓良可以做换肾手术。但这时，父亲却不见了。妈妈虽然天天守着他，也是一副魂不守舍的样子。

晓良不解地问妈妈，父亲的检查还没做完吗？

妈妈一脸的惊慌，支支吾吾地说，他……他公司有事，来……来不了。

晓良知道，父亲常年在公司忙，有时几天都不回家，现在要做手术了，肯定会有更多的工作要提前做。

时间一天天过去了，晓良每天靠透析来维持生命。

一直过了一个多月，晓良的身体越来越虚弱，每天的透析时间越来越长。

这时，晓良开始怀疑起自己的父亲，公司的事情比儿子的生命还重要吗？

晓良要给父亲打电话，可妈妈把他的手机藏起来了，不让他打。

晓良忽然明白了，父亲一定是后悔了，不想冒着生命风险捐肾给他的儿子了。

天下竟有这样狠心的父亲，不顾儿子死活的父亲。

晓良痛恨起自己的父亲来，痛恨过后，他绝望地哭了。

就在晓良以为自己的生命已经走到尽头时，妈妈高兴地从外面回来了，对晓良说，马上就可以手术了。

晓良有气无力地流淌出两行清泪。

手术很成功。

据妈妈讲，晓良的肾源来自一个志愿者，而志愿者的肾，经检验和晓良配型成功。

晓良在医院疗养了一段时间，身体逐渐康复了。父亲亲自开车将他接回了家。

但是晓良仍然感到很委屈，一直疼他爱他的父亲，在他最需要他的那段时间，竟然不在他的身边。

晓良对父亲的感情慢慢冷淡下来。而父亲好像也有意在躲着他。他们父子之间终于到了无话可谈的地步。

时光荏苒，晓良也成家立业了，并做了一儿一女的父亲。他非常疼爱自己的儿女，如果儿女有什么危险，他付出生命都会去救。

做了父亲的晓良更加不能理解，同样作为父亲，为什么父亲不能像自己爱儿女这样来爱自己呢？

晓良三十八岁那年，父亲去世了。按照当地的习俗，长辈去世，晚辈在"五七"（五个七天，即三十五天）内要一直戴"孝"（黑袖章），以示纪念和哀伤。但晓良在父亲下葬后的第二天，就把"孝"摘了下来。

妈妈看到后，非常生气，用很严厉的语气让他戴上。

为了不让妈妈生气，晓良不情愿地重新戴上了"孝"。

看到晓良这个样子，妈妈再也忍不住了，她含着眼泪对晓良说，你知道吗？你的父亲是世上最好的父亲，他对你的爱，你是永远无法偿还的……

二十年前，父亲决心给晓良捐一个肾，没想到，经过术前检查，晓良竟然和父亲没有一点儿血缘关系。妈妈见事情瞒不过去，就承认了在生晓良之前，曾经和一个男同事有过密交往，做下了错事……

妈妈哭着说，当时你父亲的愤怒和痛苦使他的脸都变了形，变得那么可怕，你知道，他一直非常疼你爱你。后来，你父亲平静下来，他首先想到的是怎样保护你，不让你受到真相的伤害，为了你，他原谅了妈妈，并要妈妈和他共同保住这个秘密。他离开你的那段时间，是在到处寻找联系肾源……

　　外面正下着雨，晓良忽然冲出门去，在雨中狂奔着，跑向父亲的墓地，五公里的距离，他不知跑了多久。他跪在父亲的墓前，叫了一声"爸爸"，就泣不成声了……

　　"五七"过后，妈妈小心翼翼地对晓良说，你的生父，他想和你见一面。

　　晓良粗暴地挥了挥手说，我没有什么生父，我只有一个父亲。

　　妈妈无语，在一边垂泪。

　　晓良狠狠地说，妈，我不希望再从你嘴里听到这个人，你们给我父亲带来的耻辱还不够吗？

　　一个月后，是清明节，晓良和妈妈一起来给父亲扫墓。

　　回来的路上，妈妈在一座新墓前站下，对晓良说，给他磕个头吧，你身体里的那个肾，是他捐给你的。

　　晓良恭敬地跪在墓前，规规矩矩地磕了三个响头。

　　妈妈说，给你换肾前，你的父亲通过网络、电视、报纸等各种媒介联系肾源，虽然联系到了几个，但都配不上型，眼看你就要不行了，是他，你的生父，闻讯找上门来，求你父亲给他这个赎罪的机会，他的肾对你是最好的。

　　晓良如遭重击，他愣了半天，质问道，妈，你为什么不早说？

　　妈妈平静地说，上次我提到他的时候，他已经在弥留之际了，否则，他不会提这种要求的。

　　晓良呆了般看着这座新墓，缓缓地跪了下来。

　　他知道，两个父亲的爱，他都无法偿还了。

吹 牛

刘庄乡是一个出了名的穷乡。这个乡的乡长马大春是个只徒虚名、不干实事的家伙。他有一句名言："成事在人，谋事在吹。"所以，老百姓背后都叫他"马大吹"。

这不，因为这个乡的王寨村养了百十头黄牛，他立即将该村定为"刘庄乡黄牛育肥基地"。本来，这也没什么不好，可是，他却硬要乡里的通讯员写了篇稿子，把王寨村的百十头牛吹成了"一千余头牛"。稿子很快就从地区党报上发出来了。这天上午，马大吹正坐在自己的办公桌后面，拿着登有"一千余头牛"的报纸陶醉，电话铃响了，他接起来一听，脸当时就黄了。原来，地委的武书记在报上看到这篇报道后，决定明天上午来王寨村参观，还想以刘庄乡为典型，在全区发展养牛业。这个武书记是本地区的"一把手"，基层干部都有些怵他，因为他对工作极其认真，并且最讨厌弄虚作假。这一下如果露了马脚，马大吹真的就吹到头了。放下电话，马大吹半晌没动弹，心里一片冰凉。不过，马大吹不愧是弄虚作假的老手，经过一番琢磨，他还真想出了一个"万全之策"。他当即将秘书叫到屋里来，秘密地嘱咐了一番。

第二天一早，地委武书记在本县县委书记、县长的陪同下，一起驱车来到了王寨村。一到村头，村里便鞭炮齐鸣，马大吹带着乡政府的十几个人和本村的班子成员迎了出来。经过一番介绍，武书记握住马大吹的手说："你干得不错嘛！牛在哪儿，我们先看看去！"马大吹赶紧说："为了便于领导参观，全村的牛都集中到麦场上了。"武书记一听，皱了皱眉说："这样不好吧！我只是想随便走一走，看一看的，这样一搞，要给群众添多少麻烦呀？"马大吹诚惶诚恐地说："是是，以后一定注意，一定注意……"

来到麦场上，果然见到上千头牛聚集在那儿。武书记很高兴，并当场表扬了马大吹。本县的县委书记、县长也红光满面，都赞许地看着马大吹。马大吹心里像灌了蜜一般，心想这一下因祸得福，马上要飞黄腾达了。

　　参观完毕，武书记谢绝了县乡两级的盛情挽留，带着几个随行人员直接回地委了。

　　马大吹彻底松了一口气，心说：总算没露马脚。他没回乡政府，直接和几个干部进了县城的一家大饭店，放心地痛饮起来。几个干部见他上午出尽了风头，得到了武书记和县委书记、县长的青睐，知道他马上就快升官了，都对他奉承讨好起来。这一下，马大吹更加飘飘然了，他一杯接一杯地喝起来，一会儿就醉眼蒙眬了。正在这时，他的手机忽然响了，他不情愿地拿起来问："谁呀？"里面顿里传出本县县长的声音："马大吹！你玩的什么花活？武书记已经下了指示，要撤你的职！""什么?!"马大吹一听这话，酒吓醒了大半。县长在电话里怒气冲天地说："你玩的花活让武书记识破了！你完了！"马大吹顿时顺着桌子溜了下去……

　　原来，上午，武书记看到麦场上的黄牛绝大多数是耕田用的，而且肥瘦高矮有很大的差别，不像是专门育肥的肉牛，就起了疑心。于是，他假意要回地委，半路上又杀了个回马枪，回到了王寨村。他和随行人员来到麦场上一看，见只剩下几头黄牛了，几个牵牛的农民正坐在地上吃包子。武书记就上前问一个六十多岁的老人："大叔！你是不是这个村的？"那位老人摇头说："不是。"武书记心里一下有了数，但他还想进一步证实一下，就又问："那你牵牛来这里干什么？"老人一边吃着包子一边说："是乡里下通知让来的，说是今儿谁牵一头牛来，就奖励十块钱，外加管一顿包子吃。"这一下真相大白了，武书记立即赶到县委，严厉批评了本县的书记和县长，然后明确指示说："有这种人占据着领导地位，刘庄乡什么时候能富起来？群众什么时候能过上好日子？马上拿了他的乌纱帽！"

　　第二天，马大吹就被革职了。消息很快传遍了全乡，很多农民像过年一样放起了鞭炮。

钓 鱼 记

　　前面驶过来一辆"桑塔纳2000"，速度很慢。这正应了老米的心，速度太快的车他不敢拦，怕对方刹不住车真的轧上他，再说了，速度快的车，一般也拦不下。

　　老米一下子蹿到了路中间，扎煞开双臂，大呼，停车！快停车！

　　车缓缓停了下来，司机按下了玻璃，问，什么事儿？

　　老米几步跨到窗前，苦着一张丝瓜脸，结结巴巴地说，大……大……大哥，求求你了！我家孩子病了，在医院抢救，求……求……求你送我一程吧，晚了……晚了就……就来不及了……说着话，他不断地打躬作揖。

　　司机盯着他的脸看了片刻，好像是要从他的脸上辨出真伪。

　　老米可怜巴巴地看着车上的人，几乎要跪下来了，他反复地说，真的，我不骗你，路不远，就几里路，这儿又打不到车……

　　车上的人摆摆手说，你上来吧！

　　又一条"大鱼"上钩了！老米按捺住内心的狂喜，拉开车门上了车。

　　前面，左拐，大约三里路就是医院。老米对司机说。

　　老米知道，前面左拐，三里路处的一个路口，他的几个"同事"正等在那里。他要到那里下车，车停下后，他要掏出10元钱递给司机，司机如果接了，就太好了，不接，也没关系，一推一让之间，几个"同事"就会冲上来，有拉车门的，有拍照的，这样，他们就又抓获了一辆"黑出租"，就有一笔可观的罚款提成了。

　　但司机没有左拐，司机说，左拐修路呢，从前面多走一个路口，绕一下吧。

老米说，不会吧，好好的路修什么呢？

司机说，我刚从那里过来，好像在修下水道，反正是不通车。

老米疑惑了，他都几天没有"钓"到"鱼"了，所以他也搞不清到底那里修没修路。转念一想，绕过去也一样，反正都要到指定的地方，多烧点儿汽油怕什么，又不花我的钱。

到了下一个路口，司机仍然没有左拐，而是直行着冲郊外疾驰而去！

老米说，错了错了，快左拐。

司机说，没错，多绕点儿路，我在前面加点儿油，市内没有加油站。

驶出城区，前面是开阔的田野了，路边就有一个加油站。

老米说，大哥，前面有个加油站。

司机说，借你手机用一下。

老米不知道他用手机干什么，但坐在人家的车上，也不好拒绝，就把手机递了上去。

司机接过手机就揣在了自己的口袋里。

老米问，大哥，你这是干什么？

司机冷笑道，能干什么？我是土匪，你被抢劫了！

老米惊恐地看着司机，司机是个圆脸，面无表情，身材魁梧。老米刚才只把他当成了一条"鱼"，所以没有仔细看他的面貌，这么一看，他忽然觉得司机有些面熟。

老米战战兢兢地问，大哥，咱……咱是不是在哪儿见过？

司机笑了，你真的不认识我了？

老米摇了摇头说，面熟，真的想不起来了。

司机说，那是因为你坏事儿做得太多了！再好好想想吧！

老米仔细一想：坏了！这个司机是他曾钓过的一条"鱼"！

车子已经进入了山区，还在快速飞奔着。

老米吓坏了，老米说，大哥……大哥，上次是兄弟不对，我……我把钱退给你行不？

司机说，我真想不明白，你们的良心是不是让狗吃了，我好心好意地免费送你，你却反咬一口，硬说我是黑出租，让我挨了3000元的罚款，还弄了一肚子的气。

老米说，大哥……大哥，你千万别……别干傻事儿？你……你要是杀了我，你……你会偿命的……

司机说，谁说要杀你了？给你这种人渣偿命？那我不亏大了！

老米见性命无虞，先放下心来了。他在报纸上看过一个新闻，他的一个同行，因为两次钓到同一条"鱼"，他没认出来，结果被"鱼"弄到山里用刀子捅死了。

天快黑了。老米说，大哥，快停车吧，前面已经没路了。

司机放慢车速，在一个较宽的地方调过了车头。然后停了车。

司机下车，在路边撒尿。

老米也下了车，在路边撒尿。

司机上了车，发动引擎，开车走了。

老米心里一喜，看来他真的放过我了，谢天谢地，在这荒无人烟的山里，他真要弄死我往山沟里一丢，一年半载的休想有人发现，他根本不用偿命，这个傻瓜……

老米高兴了一阵之后，又觉得事情不太对劲儿，他是下午两点多上的车，现在大约五点多的样子，已经跑了三个多小时，减去市区和郊区一个小时的车程，还有两个小时，司机一路上车速没下来过80迈……天哪，这儿离出山口，至少还有160公里呀！这……这……这走到天亮也走不出山呀……

老米想到这儿，一屁股跌在了地上。

隐隐约约地，他好像听到了狼的叫声……

电话里的歌声

他是援藏干部，赴西藏的时候，妻子正怀着身孕，为此，他曾有过犹豫。妻子很坚决地对他说，一个大男人，光恋着老婆孩子有什么出息！

就这样，他怀揣着一颗牵挂的心远离了亲人和朋友，来到了孔繁森曾经工作过的地方——西藏阿里。

三个月后，电话里传来了女儿嘹亮的啼哭声，妻子让他取个名字。他激动万分，一时想不出该给女儿取个什么名字。

妻子说，女儿懂事了，肯定会盼着你早回来，要不，就叫盼盼吧。

每天下了班，他都往家打电话，除了和妻子说说话，每次都要听听女儿的声音，哭声或者"呀呀"的稚音。

终于有一天，他听到女儿喊了他一声"爸爸"，尽管发音有些含糊不清，他还是高兴得掉下了眼泪。

随着时光的流逝，女儿喊他"爸爸"的声音越来越清晰，越来越响亮了。

他开始变着花样让女儿喊他。

盼盼，叫爸爸。

爸爸。

叫爹爹。

爹爹。

叫老爸。

老大。

叫老——爸——

老——爸——

叫 Daddy。

Daddy。

……

每逢挂断手机，他落寞的心里就有了甜蜜和温暖，阿里满目的荒山和戈壁也化为浓浓春意，在他眼里生动起来。他快乐的情绪会持续很长时间，对枯燥的工作也有了饱满的热情。第一年，他就被评为援助单位的先进工作者，并被原单位通报表彰。

女儿三岁的一天，对他说，爸爸，你给盼盼唱首歌好吗？

他给女儿唱了一首《爱的奉献》，这是他唯一能完整唱下来的歌。

唱完了，他问，好听吗？

女儿说，好听，爸爸真棒。

从此，每次通电话，女儿都要他唱《爱的奉献》。为此，他每月的电话费涨到了五六百元，但他觉得值，毕竟，他能给予女儿的太少了。

女儿四岁的时候，对他说，爸爸，我给你唱首歌吧。

女儿奶声奶气的，竟然把《爱的奉献》一句不落地全唱了下来，只是气短，有些地方像念白。

他夸张地说，盼盼真聪明，唱得真好。

女儿开心地笑起来。

五年的光阴很快就过去了，他的援藏年限已满，在办完相关手续后，他返回了故乡。

在路上，他无数次地想象女儿见了他后兴奋的样子，女儿乳燕投林般投入他怀抱的瞬间……一定要好好抱一抱女儿，把一个父亲缺失的爱加倍补偿给她。

他进家门的时候，女儿正趴在客厅的茶几上画着什么。他怕吓着孩子，轻轻放下行李，然后轻轻叫了声，盼盼。

女儿抬起了头，惊诧地望着他，一脸陌生的表情。忽然，她转身跑向厨房，边跑边喊，妈妈，有人来了。

妻子领着女儿来到客厅，女儿躲在妻子身后，探着头看他。

尽管提前打过电话，妻子还是压抑不住惊喜，她有些失态地叫道，盼盼，你爸爸回来了，快叫爸爸呀！快叫呀！

女儿却坚决地摇了摇头，他不是爸爸。

他心里一阵难过，女儿竟然不认她。他笑着弯下腰说，盼盼，我是爸爸呀，让爸爸抱抱。

女儿围着妻子的两条腿转着圈子躲避着他，不让他抱。

妻子把女儿抱起来，递到他的怀里。他刚接过来，女儿就拼命挣扎，甚至，还挠破了他的脸。他只得将女儿放下了。

妻子有些恼怒，盼盼，这是你爸爸呀，你不是天天想爸爸吗？

盼盼哭着说，他不是爸爸，爸爸在电话里头呢！

他和妻子相视一笑，笑里含了很多的无奈、心酸、苦楚……

他来到卧室，用手机拨通了家里的电话。

像往常一样，电话里传来了女儿的声音，爸爸——

他的心像被一根线牵了一下，他几乎都哽咽了，他说，盼盼，爸爸给你唱首歌好吗？

他又唱起了那首已经唱了上百遍的《爱的奉献》：这是心的呼唤，这是爱的奉献，这是人间的真情……

他边唱边走出卧室，走到了客厅里。女儿正拿着电话的听筒认真地听着，与刚才拼命拒绝自己的女儿判若两人。

他悄悄地挂断了手机，但他的歌声并没有停下来……只要人人都献出一点爱，世界将变成美好人间……

女儿在他挂断手机的一瞬间歪了歪小小的脑袋。

他已经走到了女儿的身后，继续唱着：再没有心的沙漠，再没有爱的荒原……

终于女儿循着歌声转过了身子，先是惊疑地望着他，随后，就有大滴的泪水滚落下来……

爸爸——女儿哭着投入了他的怀抱。他也哭了，而妻子的感情也像汹涌的江水寻到了堤口，泪水滂沱而下！

他把妻子和女儿紧紧地、紧紧地抱在了怀里。

凤岐画苑

小城不大，却有"书画之乡"的美称。因书画盛行，多年来也就涌现出了很多书法家、画家。

在小城的画界，坐第一把交椅的，是莫凤岐，他是业内公认的第一高手，擅长写意牡丹、梅花和工笔山水、花鸟。

莫凤岐出了名，就有人偷偷模仿他的画作，拿到书画店里蒙人。敢于模仿他的人，都是有较深厚绘画基础的，所以，一般人根本辨不出真伪。常有人在画店买了画后，通过种种关系来请莫凤岐鉴定。每看到一幅赝品，莫凤岐便气得胡须乱颤，半天缓不过气来。

后来，莫凤岐就在本市的晨刊、晚报上刊登出了一则声明，大意是说自己已经把委托到书画店出售的画作全部收回，今后凡有需要本人书画作品的，请直接到家中选购，并留了电话和地址。

莫凤岐的家，是一个临街的小四合院，他把临街的几间房子冲街掏了个门，简单装修了一下，就成了门市房，然后门口立一竖匾：凤岐画苑。屋内四壁上都贴满了画作，任人自由出入、观赏。

莫凤岐的画苑开始热闹起来了，每天来观赏、购买画作的人络绎不绝。一直喜欢安静的莫老爷子也一反常态，对来客都很热情。因为在这里买到的画，绝对都是莫凤岐的真迹，再加上莫老爷子对价格也不太在乎，成交率竟极高。

徐志远是一个房地产商人，一直酷爱书画。他最近刚刚搬进了自己修建的豪宅，打算买几幅莫凤岐的画挂在客厅里。但徐志远很讲究，也很谨慎，他一有时间就过来观赏，但从不问价。一直磨了半个多月，他才选准了画，买下了一组四扇屏的工笔花鸟，一幅四尺整张的写意牡丹

"花香富贵"，还有一幅半工半写的山水画"高山飞瀑"。这几幅画，都是极费工夫的，虽然贵了点儿，但徐志远觉得值。

徐志远把画拿到本市最大的装裱店"瀚墨斋"。"瀚墨斋"的老板是徐志远"发小"，在这里装裱比较放心。老板把徐志远的画一幅幅展放在案板上观赏，当看到那幅四尺整张的写意牡丹时，老板忽然抬头看了徐志远一眼。徐志远笑了，有什么话就说，别用这种眼神看我。老板说，你也有上当的时候呀？在哪弄了幅赝品？徐志远相当自信地拍拍"发小"的肩膀说，我这是亲自从莫凤岐手里买来的，还能有假？老板说，那就奇了，我这里有一幅刚刚裱好的"花香富贵"，也是从莫凤岐手里买来的，和你这幅一模一样。

徐志远随"发小"来到门市后面的装裱工作室，门口的墙上赫然倚立着一幅"花香富贵"，和自己的那幅真的一模一样。

第二天，徐志远早早来到了凤岐画苑。屋里只有莫凤岐一个人，他对徐志远还是有印象的，见了他就笑，徐老板，这么早呀！徐志远也报之一笑，莫老早！他说着话，眼睛极快地扫视了一下室内的画作，在靠近门口的显眼之处，贴着一幅半工半写的"高山飞瀑"，和他昨天买的那幅一模一样。徐志远指着这幅画说，莫老的手好快呀，昨天我刚刚买走，今天就又画了一幅，真是高手呀！莫凤岐的脸色明显暗了一下，但没说话。徐志远又问，莫老天天在这里亲自卖画，什么时间作画呢？莫凤岐叹了口气说，徐老板今天是有备而来呀！

莫凤岐把徐志远领到院内的一间西屋里。屋内一男一女正在专心作画，都四十多岁的样子。女人画的，正是昨天徐志远刚刚买走的那组四扇屏的工笔花鸟。徐志远今天本是来找茬、责难的，见莫凤岐竟如此坦诚，倒不知说什么好了。莫凤岐说，这两个都是我的学生，已经画了近三十年，艺术造诣都不在我之下了，比我差的，就是一个虚名了。徐志远问，那么，他们作的画署上您的名字，算不算赝品呢？莫凤岐叹了口气说，从严格意义上讲，这仍是赝品，但弟子代师作画，古已有之，况且，他们的画艺已经与我比肩了，风格也和我一样，再盖上我的名章，这和真品有什么不同呢？徐志远一时不知说什么好。莫凤岐说，买画就是买一个好，他们画的已经和我一样好，和我亲自画有什么分别呢？与其让别人来粗制滥造赝品，还不如由我的学生来制造不逊于真迹的赝品呢！见徐志远仍不说话，莫凤岐又说，徐老板若是后悔买了那画，尽可退回。徐志远本是带着画来退货的，画就在门口的车里，但听莫凤岐这么一说，竟踌躇起来。莫凤岐说，徐老板不用为难，你今天不退，今后想什么时候退都是可以的，我会分文不少地全额退款。

退不退呢？饶是徐志远经多见广，一时也拿不定主意了。

喝 一 斤

　　"喝一斤"是我们办公室司机贺师傅的外号。他开车技术绝对是一流的，在我们这个小城的司机圈子里很有名。他之所以有名，是曾经有过一次对司机来说很了不起的经历。那一年他开"解放"挂车去山西拉煤，回来的时候，车正顺着下坡路滑行，刹车突然失灵了。人都说"蜀道难难于上青天"，山西的山路也好不到哪里去，几乎全是陡坡，一个坡少则一二里路，多则四五十里，如果下坡，得一个劲儿地踩刹车，刹车锅子热得受不了，当地的司机便都在后车斗上安个水箱，弄个水管子顺到刹车锅子上，到下坡时就让水不断地往刹车锅子上淌，以便于降温。不经常跑山路的外地车没有这个土设备，刹车失灵是常事，因为刹车失灵车毁人亡也不是什么新鲜事了。"喝一斤"刹车失灵的时候，车正在一个二十多里长的陡坡上下坡，车一失去控制，就像脱缰的野马般往山下狂奔起来，车速越来越快。这个下坡路左边是高不可攀的峭壁，右边是深不见底的峡谷，无论撞到峭壁上还是跌下峡谷，结局都是一样的。如果这时正赶上对面有上坡的车，那就更糟糕了，两辆车都得玩完。就在这么一种情况下，"喝一斤"愣没慌，他稳稳地驾着方向盘，将车尽量贴近左边的峭壁，瞅准机会就将方向盘往右猛地一打，车头往右一甩，车后的挂斗自然就向左甩，蹭在峭壁上一挂，车速就慢了一点，如此反复几次，硬是将车停了下来，唯一的损失就是车后斗挂烂了半边，但比起车毁人亡来，总算是捡了个大便宜。这件事之后，公司就把他从车队调到机关，给一把手开小车。

　　按说，给领导开小车是绝对不能喝酒的，但"喝一斤"已经有十几年的"喝酒史"了，已经有了瘾，根本管不住自己。他酒量很大，每次喝一斤不醉，又因为他姓贺，所以人们起初都叫他"贺一斤"，后来又演变成了"喝一斤"。"喝一斤"名副其实，只能喝一斤，少了不过瘾，多了就醉。但即使他醉成了一摊泥，只要把他架到驾驶室里，他就会和正常人一样将车开得又快又稳，从未出过事故。即使这样，领导对他也不满意，劝了他几次见收效不大，就把他安排到办公室开"机动"车，又找了一名不喝酒的小车司机。

"喝一斤"在我们办公室人缘极好，是公认的好人。他为人厚道，除了爱喝酒之外没什么缺点。他热心肠，谁有事用车，无论公事私事，他都不辞辛苦。他喝了酒后爱和人说掏心窝子的话，爱动真感情，有时还来几滴真格的眼泪。因为他的嗜酒如命，和他关系不错的人都担心他出车祸。但谁也没想到该出的事没出，不该出的事却出了。"喝一斤"家在农村，离城约三十多里路，所以就不常回家，公司照顾他，给了他一间宿舍。"喝一斤"经常陪领导出入酒店、舞厅，无意中结识了一个叫"莲子"的酒店小姐，俩人一见面就对上了眼，但谁也没捅破那层窗户纸，"喝一斤"只是鬼使神差般把自己的传呼号给了她。后来莲子回家，打传呼要他送，他就送了她一回。接下去的细节我就搞不清楚了，反正这件事"东窗事发"的时候，那位莲子小姐已经大了肚子。她逼"喝一斤"离婚，"喝一斤"因已经有了俩孩子，不愿离，就开始躲着她，她就挺着个大肚子来宿舍找他闹。人们听到哭闹声赶去看究竟时，才惊讶地发现"喝一斤"的宿舍不知何时竟像个"家"一样了，过日子吃饭的东西一样不缺。在莲子小姐的哭诉声中，我们终于知道他们俩已经像真正的两口子一样正儿八经地在一块儿过了半年了。后来，尽管公司的几位能言善辩的女人一起出马游说，莲子小姐却吃了秤砣般铁了心，非"喝一斤"不嫁，如果不答应就和肚子里的孩子一块儿死。接下去事情就越来越热闹了，莲子的父母不知怎么知道了，找到公司来闹，要领导给个"说法"。"喝一斤"的原配也哭哭啼啼地跪到我们几位经理的面前要求讨回公道。弄得领导们也不知道哪头炕热了。

最终，还是"喝一斤"的原配心疼丈夫，怕他太为难了，就让了步，同意离婚，但有一个条件，离婚不离家，"喝一斤"农村老家的房子财产都归她和孩子。"喝一斤"怕再弄下去搞出人命，就同意了。接下来的事情就好办多了，莲子小姐很听话地流掉了肚子里的孩子，和"喝一斤"结婚了。

公司帮"喝一斤"处理完他的两个女人的事后，就到了处理他的时候了。经过经理办公会一研究，就炒了他的鱿鱼。他走得也很痛快，他对我说，出了这么档子事，怎么说也没脸再在这儿干下去了。

我再见到"喝一斤"的时候，已是三年之后了。当时，他正在一座崭新的小楼前拿扫帚打扫卫生。我的心一酸，惊问，怎么干上这一行了？他笑笑说，这是给自己干的。我更加吃惊了，又问，这是你盖的楼？他笑着点了点头。原来，他离开公司后，东挪西凑地筹集了部分资金，买了辆新型的加长半挂车，自己开着跑山西运煤，很快就发了起来，于是，他就买了块地皮，自己盖了一座三层的小楼。说着话，他不由分说就拉我上了楼。来到客厅坐下后，他就喊"当家的"弄几个菜来。"当家的"一出来，吓了我一跳，她竟是"喝一斤"的原配夫人。我掩饰不住诧异的表情，索性直接问道，那一个呢？"喝一斤"不好意思地笑笑说，一共在一块过了仨月，早就离了。等"原配"端上菜后，他才断断续续地讲了他和莲子小姐的事。原来，那个莲子是个水性杨花的货色，见他丢了开车的饭碗，就对他失去了一半的兴趣，不久就和她当小姐时认识的一个小白脸勾搭上了，并且很有点儿明目张胆。"喝一斤"堵上她们后，也没难为她，只是让她在离婚协议上签了字，就了断了。我们边说边喝，不到两个小时的时间就喝了二斤白酒。我因记挂着公司里的事，就起身向他告辞。他跌跌撞撞地将我送到楼下，拍了拍我的肩膀，推心置腹地对我说，兄弟，大哥送你一句老话，这话可是你哥自己体验了一回的。我问，什么话？他趴在我的耳朵边上说，休贤妻毁青苗，后悔到老哪。我也有些醉了，很中肯地点了点头说，中！大哥，你这句话中！

我刚骑上自行车，就听见"喝一斤"在后面"哇"的一声吐了。我下了车子，回头看时，"原配"已经挽着他进了楼梯间。

我想：现在"喝一斤"已经喝不了一斤了。

胡一刀的爱情故事

胡一刀初中毕业没考上高中，也没考上中专，就跟他屠夫舅舅学徒，几年后学成了一个小屠夫。

胡一刀真名叫胡宗南，和一个历史人物同名同姓。"胡一刀"这个外号，是他当上屠夫后获得的。

县城的农贸市场里，有个全城出名的地痞，叫范老九。范老九生得人高马大，却什么事儿都不干，每天穿行于各个铺面之间，收取保护费。对于肉案子后的这些屠夫们，他不收钱，只收猪腰子，每头猪的两只猪腰子，都是他的。他收了后，再高价卖给饭店。因他身强体壮，打架还不要命，所以没人敢跟他硬碰。他也被人举报过多次，但终因犯的事儿太小，关个五六天就放出来了。惩治最厉害的一次，也不过是公安部门搞运动时把他弄到车上游了游街。他不但不在乎，反而把这些劣迹当作唬人的资本，动不动就喊，老子都七进七出了，也不在乎多进去几次，有种就去告我！

胡宗南刚来农贸市场卖肉时，见范老九挨个肉案子收猪腰子，从东头收到西头，收完后转身就走了，连句话都没有。而屠夫们呢，该干吗干吗，就像没看见他一样。胡宗南不明白怎么回事儿，还以为他是老客户，早晚给钱呢。等范老九走了，别人才告诉他，这人拿腰子是不给钱的，不仅如此，猪腰子还贵贱不能卖给别人，早晚给这人留着，否则会有麻烦的。

第二天，范老九收猪腰子收到胡宗南这里，刚伸出手，胡宗南就用割肉的刀子把两个腰子压住了。

范老九诧异地抬头看了看他，问，想干吗？

胡宗南说，不干嘛，给钱，连昨天的一块儿给。

范老九笑了，左右看了看其他卖肉的屠夫们，屠夫们也都笑了。范老九说，小兄弟，刚来的吧，还不懂规矩。

胡宗南也笑了，说，俺只懂得公平买卖，不想懂什么规矩。

范老九将手提袋放在肉案子上，捋了捋袖子。鲁西北的汉子们，想打架时或向对方表示要动武时，都是先捋袖子，这是通用的信号，也是对弱者的示威。

胡宗南放下刀子，也往上捋了捋袖子说，想打架呀？你也不一定能打过俺。

范老九上下打量了一下，胡宗南一米八五的个头儿，还有裸露出的胳膊上突起的腱子肉，又笑了，兄弟，咱俩这体格，要动起手来谁也沾不了光，咱就叫个板吧，你不是有刀吗？有种的，一刀把俺捅了！没种的，乖乖地按规矩办事儿。

胡宗南拿起了那把锋利的尖刀。

范老九明显地怔了一下子。

这时，附近卖肉的、卖菜的，赶早来采买的男男女女都围了上来。

胡宗南说，捅你？捅了你俺还坐牢哩，不划算。说着，拿刀就在自己的左胳膊上割了一刀，血一下涌了上来。

范老九拿起胡宗南扔给他的刀子，也在胳膊上割了一下，血也涌了出来，不过，伤口明显要浅，血流得也不多。

胡宗南不屑地看了看范老九的伤口，重新拿过刀子，把左手的小拇指平放在肉案子上，刀光一闪，在人们的惊呼声中，一截手指在肉案子上跳了起来，然后，落下，再跳起来，再落下，还兀自不停地蠕动。

范老九恐惧地看着胡宗南递过来的刀子，忽然一转身，挤出人群，跑了。

有种呀！很多人都挑起了大拇指。有个看热闹的焦急地喊，别光顾着表扬他，快送医院哪，还能接上呢。

由于离医院近，那截断指真的接上了，但却远远不如以前灵活了。

从此，范老九再没来收过猪腰子。

事发的当天，屠夫们纷纷议论说，这个小胡，眼都没眨呀！

真有种，一刀就把自个儿的手指头剁下来了！

简直是个胡一刀呀！

恰好，电视上正热播孟飞、伍宇娟版的电视连续剧《雪山飞狐》，大侠胡一刀的名字正在人们的口头上热着，有人一提这个茬儿，人们就都管胡宗南叫胡一刀了，偏偏他又是个天天拿刀的屠夫，不久，"胡一刀"就在周围叫开了。

一个初秋的晚上，胡一刀去和一家饭店的老板结算肉钱。由于老板自己兼着厨师，等炒完菜，已经是晚上十点多了。两人算完了账，老板见胡一刀还没吃饭，心里过意不去，就炒了两个菜，留胡一刀喝了个小酒儿。饭后，已经是凌晨了。胡一刀骑上他那辆满是油污的自行车回家。

我们村子和县城之间，隔着一条大河，叫徒骇河，是大禹治水时疏通的九条大河之一。所以，胡一刀回家，必须经过徒骇河大桥。这一晚，他刚骑上大桥，就听见桥中间那块儿有吵嚷声，间或还有女人求救的声音。他赶紧猛蹬了几下，来到了桥中央。借着月光，他见五六个男人围着一个姑娘，正撕扯姑娘的衣服，姑娘拼命呼救。他大喊一声就冲了上去，三两下就将他们搓开了。那姑娘一见，哭叫着扑上来，抱住了他的一只胳膊，把头紧紧贴在他的胸前。那几个男人见只有他一个人，一边叫骂着，一边呈三面合围之势冲他逼了上来，有两个，还掏出了雪亮的匕首。那姑娘吓得全身发抖，紧紧抓住他的胳膊不松手。他只好搀扶着那姑娘，一步步后退着，直退到桥栏上。其中一个拿刀的男人说，小子，快滚开就什么事儿也没有，再管闲事就给你放放血！胡一刀见突围无望，忽然拦腰将姑娘抱了起来，一用力抛向了桥下。在那姑娘的尖叫声中，几个男人也同时发出惊呼，还没等他们明白过来，胡一刀翻身越过桥栏，急如流星般向桥下坠去！

桥上的几个男人面面相觑了片刻，赶紧逃离了。

胡一刀和那姑娘先后落水，他抄起姑娘的一只胳膊，让她的头在外面露着，然后用一只手奋力向岸边划去。

一会儿就上了岸，那姑娘因呛了一口水，咳嗽了半天。咳嗽完了，姑娘说，你真大胆，淹死俺咋办呀？

胡一刀说，俺是在这条河里泡大的，有俺在，保证淹不死你。

姑娘是县化肥厂的工人，刚下了夜班，就碰上了这么一帮流氓，要不是胡一刀果断地带她跳了河，后果真是不堪设想。当下，胡一刀将姑娘送到了家门口，姑娘问，你是哪村的，叫嘛名字？胡一刀说，俺是五合庄的，叫胡一刀。

　　几天后，胡一刀接到了一封信，信很简单：胡大侠，我想和你谈恋爱，你若同意，星期天上午十点到上次救我的地方见面。朗剑秋。

　　不久，农民屠夫胡一刀找了个漂亮工人老婆的故事，在当地传为佳话。

　　要知道，八十年代初的工人和农民，也就是非农业户口和农业户口之间，还隔着一条很大的鸿沟呢！

回老家过年

腊月二十六，五合村唯一一个在省城工作的刘保捷回来过年了。

刘保捷是五合村考出去的第一个大学生，毕业后就留在了省城，他每年都带妻女回老家过年，这本来是很正常的事情，所不同的是，他今年回来得的早了些。前些年，他都是大年三十才回到家的。

父母见儿子提前回来，自然是很高兴，但也免不了有些疑问：儿子是不是有什么事儿？

刘保捷从小心思就重，有了难处也不轻易对人讲。有个算命先生给他相过面后断言，此子日后必成大器。果然，后来刘保捷就成了五合村的第一个大学生，并且留在了省城工作。但是，除了他刚考上大学那阵子，成为全村的重要话题外，村里人并没有觉得他有什么过人之处。在省城工作了很多年，他并没有给村里人办过什么事儿，也没听说他给亲戚朋友帮过什么忙，倒是结婚买房的时候，还向父母借过钱。每年回来过年，他们一家三口，衣着也很普通。他甚至不如村里一些做生意的，不但穿得光鲜，大多数已经开上了四个轮子的轿车。久之，刘保捷就被人们淡忘了，只有他回老家过年时，人们才会想起他，见了面问一句，回来了？或者是，什么时候回来的？一家人都回来了吗？云云。

但不管是什么原因，儿子能提前回老家过年，爹娘还是高兴的。一家人热热闹闹地一块儿忙活，平添了不少过年的乐趣。二十八蒸馒头，二十九炸鱼炸鸡炸藕盒，大年三十中午炖年肉，晚上包饺子，刘保捷一家三口齐上阵，省了老两口不少力气。

往年春节，刘保捷回家只住两天，大年三十回来，初二下午就去赶火车回省城。原因嘛，一是忙，过年了，省城里还有很多的应酬；二是他的妻子从小是在省城长大的，女儿也生在省城长在省城，娘儿俩都没有在农村长期待过，住不惯平房，更用不惯农村的旱厕。但是今年，他好像很是沉得住气，一直到了初三，他还没有回省城的打算。

吃完午饭，刘保捷的妻子带女儿到野外散步，乘这机会，老爹忍不住问了一句，保捷呀，你打算啥时回去？

刘保捷笑道，怎么了爹？想撵我走？

老爹问，你往年不是忙吗？今年咋不忙了？

刘保捷说，今年想歇一歇，初七上班，我们初六晚上走。

老爹小心翼翼地问，儿啊，你没犯什么错误吧？

刘保捷还没答话，忽然听到一阵狗叫声，接着有人用一口纯正的普通话问，请问，这是刘局长的家吗？

刘保捷脸色大变，小声对爹说，爹，你千万别说我在家，就说我们一家去南方旅游了，东西更是一点儿都不能收。

说完，他麻利地打开里屋的门，闪身进去，并反锁上了门。

老爹虽然不明白是怎么回事，但仍然是照儿子的嘱咐做了，好歹把人打发走了，来人临走扔下一个包，老爹打开一看，里面全是一捆捆崭新的人民币，顿时变了模样，他跌跌撞撞地追出去，见那人已经上了车，正在调头，就拉开后面的车门，将包扔了进去。

回到屋，老爹哆哆嗦嗦又满怀愤怒地质问道，儿啊，你说，这到底是咋回事？为什么人家会给你送这么多的钱？！你一定要给老子说说清楚！

刘保捷沉默了一会儿，将爹扶到椅子上坐下，叹了口气说，我都不知道该怎么给您说，我去年刚刚当了局里的一把手，这本来是个好事情，可一到年底，我就提着一颗心。我的前任，被"双规"了后交代，他在这个位子上时，每年的中秋、春节，都会收到下属单位和有业务关系的单位一百多万的现金。我现在坐在这个位子上，我想肯定还会有人乘过节来送礼，不收吧，得罪人，收了再退吧，人家会更忌恨咱，想来想去，只好对两个副局长交代好了工作，回老家躲着，可是，还是有人找到了这里……

刘保捷说到这里，摘下眼镜来，边擦眼镜边说，爹，你儿子不想步这些贪官的后尘，也不想得罪人，我只想把自己该做的工作做好，一家人平平安安的，这几天，就要靠您了。

老爹的表情慢慢放松了下来，他点了一支烟，抽了几口，瞟了儿子一眼，有点得意地说，你总归是我的儿子，你今年一回来，老子就知道你心里揣着事情。

老爹沉默了一会儿，掐灭了手里的烟，像下命令似的说，这样吧，从明天开始，你也不要在家里待着了，你带着你的老婆和孩子，去你舅家、姨家、姑家，各待上一天，给他们拜个年，拉个家常，家里的事，就全交给你爹吧！

刘保捷一想，还是老爹想得周到，自己这些年在省城，亲戚家都好久没去了，正好借这个机会走动走动，尽尽孝心。

第二天早饭后，刘保捷和妻子各骑一辆自行车，后面载着女儿，行驶在乡村小路上。这一天阳光特别灿烂，就像他们一家人的心情。女儿清脆的笑声撒满了小路，仿佛漫过春天的风铃。

 # 救 援 记

　　姜涛最近不顺当。先是职称没评上，后来单位派人下基层挂职，本来想派他的，也被人给顶了。姜涛就请了病假，天天在外面转悠，找朋友喝酒。

　　这天下午，姜涛在城边的一家饭馆喝完了酒，一个人步行着回家。

　　姜涛想找条僻静的路走，就漫步走到了郊外。从繁华的都市走进荒草茂盛的野外，姜涛顿时感觉神清气爽。草丛中，竟然有一条两米多宽的水泥路，很干净。姜涛缓缓地走着，一边梳理着杂乱的思绪，一边欣赏着远处的树林、近处的花草，有时也抬头看看湛蓝如洗的天空。忽然，他脚下一空，整个人急剧下坠，眼前一黑，接着感觉自己下半身发凉，一股难闻的臭味儿钻进他的鼻孔。他不知发生了什么事情，努力让自己镇定下来后，感觉头上有亮光，抬头一看，头顶上，是一个圆圆的亮孔，透过这个孔，他看到了一片圆圆的天空。他恍然大悟：这是掉进下水道里了，怪不得呢，在这荒郊野外，哪来这么平整的水泥路呀，敢情那是下水道的盖板，而他掉下来的这个圆孔，应该是清洁工搞清理用的。姜涛的眼睛已经适应了周围的光线，眼前的事物已经隐约可见。这条下水道宽约两米，两壁都是用石头砌起来的，水深及胸，黑乎乎的脏水缓缓流动着，散发着难闻的气味，让他有一种窒息的感觉。姜涛看了看，光滑的石壁上根本搭不上手脚，自己伸直双臂离上面尚有一米多的高度，没有外援，是根本不可能出去的。他掏出手机，想打110。打开手机，他的心冰凉冰凉的了，手机已经进了水，自动关了。一种无边的恐惧，这时才将他紧紧笼罩了：这周围荒无人烟，如果连续几天没人经过，自己肯定要死在这肮脏的下水道里了。他忽然张开大嘴，疯狂地大叫道，来人啊——来人啊——他明白，这样喊，声音传到外面，已经极其微弱，别说外面没人，即使有人，如果不是离得太近，也不会听见。但他不能

坐以待毙，怎么着也得做最后的努力。他一声接一声地喊着，喊声里已经带了哭泣的声调，绝望的情绪让他忍不住泪流满面。这时，他想起了年迈的父母，辛辛苦苦将自己拉扯成人，自己还没有尽一份孝心，就这样不明不白地走了，也许，几个月后，到清淤的时候，自己的尸体才能被发现……他想起了妻子女儿，妻子一直是依赖他的，女儿更是一天也没有离开过他，没有了他，她们的天空都会塌下来的，谁会给她们的天空撑开一面温暖的保护伞？职称算什么？职务又算什么？重要的是活着，只要活着，一切都是美好的……

嗓子喊哑了，姜涛绝望了。

这时，上面忽然一暗，一个人脸出现在圆孔上。

姜涛擦了擦自己的眼泪，仔细看，没错！一个人正趴在上面往下看。谢天谢地！

没想到，一转眼间，那张人脸又不见了。

姜涛急了，大喊，哎——回来！回来——

那人回来了，问，你有事吗？

姜涛说，你没看到吗？我不小心掉进来了。

那人说，噢，那你下次小心点儿吧！

说完，那人又要走。

姜涛大喝一声，站住！你不能见死不救！

那人站住了，往下看了看说，你死活与我有什么相干？我这里还有一肚子的麻烦呢？

姜涛见这人有些不可理喻，怕他走开，就忙问，你有什么麻烦？我可以帮你呀？

那人说，我女儿考上了大学，好几万块钱的学费，凑来凑去还差一万，我心烦，才走到这里的。

姜涛说，你女儿这一万块钱学费我出了，算是报答你的救命之恩。

那人解下腰上的皮带，垂了下来。姜涛的手刚刚够到，那人忽然又将皮带提了上去。

姜涛问，怎么了？

那人说，看来你这人很有钱了，我救了你的命，一万块钱太少了，给两万吧，我也想过过有钱人的生活。

姜涛说，你不过是举手之劳，一万块钱已经不少了，别太贪了。

那人说，那我告诉你一个省钱的办法，你顺着下水道走，走五里水路，一直走到污水处理厂那儿，在搅拌机被搅碎了，然后就出去了。

姜涛说，好吧，两万就两万。

那人把皮带垂下来，拉了几次，终于把姜涛拉了上来。

姜涛大喘了几口气，看清眼前是一个四十多岁的瘦男人，像是附近的农民。

那人问，什么时候给我钱？

姜涛见他还坐在那个圆孔里，就一把将他推了下去。

那人在下面破口大骂，我操你妈的！老子刚救了你，你就害老子……

姜涛呼吸着新鲜空气，一句话也不说。

过了好长时间，下面没声音了，他才问，你要死要活？

当然是要活了。那人骂也骂了，已经意识到了自己的处境，声音明显小了。

姜涛说，那好，三万块钱。

那人又骂，王八蛋！你想钱想疯了。

姜涛说，那你就按自己说的，走水路到污水处理厂吧。

那人说，好好，三万就三万。

姜涛把那人拽上来，笑着看他。

姜涛说，如果你刚才痛快地把我拽上来，一万块钱就到手了，你女儿的学费也齐了，多好。可是你，非得要两万，现在呢，你一分钱也没挣到，还得倒贴我一万，多不划算。

那人说，活着就好，会有办法的。

姜涛问，想明白了？

那人点头。

姜涛说，你想明白了，我兑现我最初的承诺，你女儿这一万块钱学费我出了，算是报答你的救命之恩。

那人用力抓住他的手问，当真？

姜涛说，当真！以后的那些交易，全当玩笑了。

那人问，你心这么好，为什么还要把我推下去？

姜涛说，你只有下去一次，才能体会到在上面体会不到的东西。

考 验

刚到下班时间，我又开始犯愁了：干什么去呢？

以前，每天下班后，我都是和女朋友侯颖待在一起。可是，现在她去北京谋求更大的发展了。没办法，在这个城市，她在工作上总不顺心，换换空间也好。

手机响了。我接起来一听，是女朋友的铁杆姐妹儿何晓柳。何晓柳是搞电脑平面设计的，在一家规模较大的广告公司上班。以前，女朋友经常带她到我这里来"蹭饭"，挺熟的。何晓柳问，晚上请你吃饭，赏不赏脸啊？

我问，都有谁呀？

就咱俩，去吃烤肉，怎么样？

我想，女朋友不在身边，和她的姐妹单独吃饭，这总归不太好。就回绝她说，晚上我还有个应酬。

何晓柳说，我已经到你公司楼下了，要不，你带我去应酬吧。

我只得撒谎说，我已经出来了，在开发区明湖度假村呢。

何晓柳说，别蒙我了，我看见你的车还在呢。

我说，我没开车，是坐朋友的车来的。

这时，门开了，何晓柳风情万种地站在门口，绷着脸冲我冷笑。

我只得报以尴尬的傻笑。

没办法，我只得请她好好地撮了一顿，以示赔罪。

从这天起，何晓柳每到下班时间准时给我打电话，然后约我一起吃饭。我无奈，只得打电话给女朋友侯颖，侯颖在电话里轻描淡写地说，这有什么呀？晓柳又不是外人，你们在一块儿吃吃饭，能怎么样呀？

我一想，也对，是自己想多了。从此，我就心安理得地和何晓柳出入各种快餐店、大排档了。有熟人见了，还以为我又换了女朋友。

　　一个周末，何晓柳因工作上的失误被上司训了一顿，又被罚了款，心情很是不好。晚上吃饭时，她频频对我举杯、干杯，我劝也劝不住，结果我们喝了一箱啤酒，她醉得分不清东西南北了。我开车送她回家，但她已经找不到家了。没办法，我只得带她回到了我的住处，照顾她在床上睡下。

　　早晨，我刚从客厅的沙发上醒来，发现何晓柳坐在我的面前，正不眨眼地盯着我看。见我醒来了，她忽然羞涩地笑了一下，猛然扑在了我的身上，对着我的脸一通狂吻……我挣扎着将她掀到一边，有些气恼地对她说，晓柳，你这样不好，对不起侯颖对你的信任。

　　何晓柳眼睛里闪烁着情欲的火苗，边向我身上靠近边说，侯颖走这么长时间了，难道你就不想……是我不够漂亮吗……

　　我再一次推开她说，何晓柳，请你自重，如果你再这样，我们就只能绝交！

　　何晓柳沉默了。良久，她才平静地对我说，你不要把我何晓柳看轻了，其实，这一切都是侯颖的安排，她一方面让我看着你，一方面让我试探你，她这样值得你对她这么忠诚吗？

　　我大吃一惊：侯颖竟然这么不信任我，我有些气恼，但没有表露出来，只是冷冷地说，她这么做是因为爱我、在乎我，为了爱，这种错误是可以原谅的。

　　何晓柳忽然泪流满面，她流着泪看了我半天，然后一言不发地走了。

　　大约一周后，我收到一封侯颖的挂号信，挺厚的。拆开一看，真的傻了：里面是十几张我和一个陌生女孩子半裸着身子在一起亲热的照片。

　　我想，这么简单的电脑拼图不会骗了侯颖吧？就赶紧打侯颖的手机，打通后，侯颖很平静地对我说，你不用解释了，你自己寻花问柳也就罢了，可你不该把晓柳也用酒灌醉后给欺负了……

　　我说，不是这样的……

　　侯颖已经关了机。

　　我把何晓柳约到了一家茶社的雅间里。我问，为什么害我？

何晓柳又一次流泪了，她说，开始的时候，我只是侯颖考验你的一个道具，可是，经过考验，我发现你是目前非常稀有的绝种好男人了，错过了你，我怕会后悔一辈子……

我没等她说完，就站了起来。

何晓柳拦住我问，你不是说，为了爱，有些错误是可以原谅的吗？

我说，这不包括侮辱和陷害。说完就走出了茶社。

我怀揣着同何晓柳谈话的录音，开始给侯颖打电话，起初，她的手机一直是关机，几天后，就成了空号。打她的公司，却被告知她已经辞职不知去向了。

侯颖在我的世界里蒸发了。现在，我正徘徊在北京的街头，苦苦地寻找她，我已经没有了与她重修旧好的想法，只是想告诉她，并不是所有的事情都是眼见为实的，有时候你亲眼看到的，恰恰是假的。

可疑的钥匙

陈颖无意中从丈夫靳华达的包里发现了一串来历不明的钥匙。这串钥匙既不是家里的，也不是他办公室的。因为靳华达办公室的钥匙是和车钥匙在一起的，已经用了好多年了，陈颖非常熟悉。而这串钥匙非常陌生，是崭新的，没怎么用过。根据她的经验，这串钥匙有防盗门上的，有室内门上的，有车库和地下室的，是一套完整的家用钥匙。

陈颖知道丈夫有问题了。但陈颖一点儿也没觉得意外，自从丈夫当了建设局质量监督处处长这一肥缺，她就一直在担心着这一天的出现，没想到，这一天这么快就来了。她强忍怨恨和伤心，悄悄地将这串钥匙拿了出来，放在了自己的包里。

奇怪的是，接连几天，丈夫靳华达并没有追查这串钥匙的下落，像什么事情也没有发生过。这更加重了陈颖的疑虑。

陈颖决定将这串钥匙的事情搞个水落石出，她在单位请了病假，开始跟踪靳华达。

一直跟了半个多月，却始终没有发现什么蛛丝马迹。靳华达白天上班，晚上出入酒楼歌厅或足浴中心，这些都是陈颖可以接受的，现在有身份有能力的男人，不都是这样吗？大多数人，想这样还没有条件呢！

就在陈颖决定再跟最后一次就放弃的时候，她终于发现了疑点。

那天，靳华达很早就从酒楼出来了，然后驱车出了城，直奔开发区。陈颖打了个出租车，紧跟其后。

靳华达的车进了一个名叫"新城市花园"的高档住宅小区。陈颖想坐车跟进去，出租车司机说，大姐呀，这种地方，出租车是不让进的。

她只好结清了车费，步行着跟了进去。好在，这个小区只有几栋楼，她很快就在一个单元的门口找到了靳华达的车。

陈颖在一棵树下站着，耐心地等待着。已经住了很多年楼房的陈颖很有经验，靳华达从几层楼出来，那个楼层的楼梯灯会先亮。她打定了主意，今晚先不揭穿靳华达，重要的是先抓住那个女的，看看她到底是谁，是不是认识，教训她一顿再说。

陈颖本是下了苦等半夜的决心的，没想到，不到半个小时，靳华达就出来了。他出来后，直接钻进了车里，开车走了。

陈颖拿出了那串钥匙，很容易地找到了打开楼门的那把，只一下，就把楼道门打开了。她放轻脚步，慢慢地爬到了三楼。刚才，靳华达出来时，是三楼的灯先亮的，她因此断定，这串钥匙应该是三楼的。三楼一共两户，刚才她在楼下，看到东户漆黑一片，西户有灯光，靳华达应该去的是西户。她摁了一下楼道灯的延时开关，借着明亮的灯光，找出了防盗门的钥匙，然后，插进了锁孔，一拧，门就开了。

不出陈颖的所料，屋内的沙发上，坐着一个年轻漂亮的女人，正搂着一个靠背看电视。看见她，女人惊叫着跳起来，干什么的！？

陈颖这些天的怨恨和压抑终于找到了发泄的地方，她抡起了胳膊，狠狠地给了女人一个大耳光，同时骂道，你个不要脸的臭婊子！

女人惨叫一声就倒了下去。一个男人闻声从卧室里窜了出来，正想说话，话未出口却戛然而止了。陈颖一看这个已经五十出头的男人，也懵了。

这个男人她认识，是丈夫的顶头上司，建设局的局长，他们曾经在节日聚会时见过多次面，还跳过舞。

还是局长反应快，他黑下脸来问，你怎么会有这里的钥匙？你来这里干什么？

陈颖只得连连道歉，对不起局长，我……我我走错门了……然后转身逃一般跑了出去，一口气跑下了三楼。

陈颖回到家时，靳华达脸色铁青地坐在客厅的沙发上，正一支接一支地吸烟。陈颖明白，今晚的事情丈夫肯定知道了。

果然，靳华达见了她就大吼道，臭娘们，你毁了我你知道吗？你坏了我的大事了！老子白白地送了套房子给局长，本想找机会掌握他的一些证据，让他给我办事儿，你知道我这个位置有多少人在惦记吗？这下可好了，房子人家不要了！我今后没有好果子吃了。

　　陈颖既害怕又觉得委屈，她哭着问道，我拿你的钥匙时，你干吗不给我说明了呀？

　　靳华达将手里的烟屁股狠狠地向她投了过来，骂道，老子哪知道你偷了我的钥匙，这些天忙得我根本没想这个事儿！

　　三天后，靳华达被停职了。

　　当天晚上，他铁青着脸对陈颖说，咱们离婚吧！必须！

窥 视

    这些天以来，小苟每天都看着钟点盼天黑。因为每天晚饭后小苟要干一件他非常愿意干的事——看王莹洗澡。

    小苟是偶然发现了王莹有每晚洗澡的习惯的。小苟的宿舍离女宿舍很近，有一天晚上小苟从王莹的宿舍门前经过，听到屋里传出了"哗哗"的水声。王莹是单位的一级靓女，小苟又处在对女人很感兴趣而又缺乏深入了解的阶段，所以小苟很想看看光身子的王莹是什么样子。开始时小苟试图从门缝里瞅，结果门缝太严，什么也看不见。小苟就又猴急地蹿到屋后，想从后窗户上做点文章。后窗户是大玻璃，可是王莹在玻璃的里面贴上了报纸，小苟急得抓耳挠腮，只看到报纸上印的一只大熊猫的轮廓。后来小苟终于想出了一个办法，他乘王莹到前院的水池边洗衣服的工夫，悄悄溜进王莹的宿舍，把后窗户玻璃上的报纸抠了一个黄豆粒大小的小洞。

    第二天，小苟见王莹仍然像个快乐的天使，在办公楼里飞上飞下，胆子就大起来。到了晚上，小苟贼一般溜到王莹宿舍的后窗下，透过那个黄豆般大小的小孔往里窥视。这一看，小苟蓦地呆了！王莹正一丝不挂地在屋里洗澡，小苟看到的是王莹的侧面，那洁白如玉的肌肤和起伏有致的线条淋漓尽致地展现在小苟的眼中，立时使二十岁的小苟体内发生了异样的变化。

    自此，看王莹洗澡成了小苟每晚的必修之课。小苟并不想怎样，他只是想看。有时小苟也想再看一次就不看了，可是小苟最终没有抵挡住那种美妙的诱惑。小苟感到自己正滑向罪恶的深渊，而他又没有能力控制。他一方面感受着王莹的青春躯体带来的刺激，一方面还承受着罪恶感带来的痛苦。小苟矛盾极了。

小苟终于下定决心，再看一次绝对不看了。小苟下这次决心的时候正在王莹的窗下。下完决心后小苟毅然将眼神从室内抽出来。小苟正为自己的勇气感到自豪时，右肩被人不轻不重地拍了一下。小苟一哆嗦，回头一看是另一个科的小宋，就尴尬的嘿嘿了两声。小宋也嘿嘿了两声，没说什么，两人就都离开了。

第二天晚饭后，小苟决定以散步的方式消磨睡觉前的这段时间。走来走去小苟竟鬼使神差地又来到了王莹的宿舍后面。小苟暗骂了自己一声"馋狗离不开肉架子"，正想离开，猛然发现王莹的窗下站着一个人。小苟想妈的是谁接了我的班，就悄悄走过去，在那人的肩上不轻不重拍了一下，那人一哆嗦，回过了头，竟是小宋。小宋尴尬地冲小苟嘿嘿了两声。小苟也报之以两声干笑。两人就离开了。

第三天晚饭后，小苟又来到王莹的宿舍后，想看看小宋是不是又来了。他往后窗户那地方一看，顿时又惊又怒，后窗下竟站着三四个人，在争先恐后地抢占着最佳位置，最活跃的是小宋。

小苟大喊了一声，来人了！人群才"哄"地一下散了。

一种难以言说的痛苦时刻压抑着小苟的心。这种痛苦里包含着愤怒、懊悔、嫉妒和无奈。最令他难受的是还蒙在鼓里的王莹，她整天仍然像一个快乐的天使，在众人面前飘过来飘过去。她一点儿也没感觉到人们看她时那异样的目光。她那美丽的裸体已被人看到了，而她一点儿也不知道，小苟觉得她可怜极了。

小苟决心将那个孔补上，给这件事画上一个句号。在一个星期天的上午，小苟乘王莹去水池边洗衣服时，又悄悄溜进她的宿舍。小苟掏出随身携带的化学胶水，拧开盖子，将胶水涂在那个小孔上，然后从口袋内掏出一张指甲大小的小纸片，贴了上去。做完这些，小苟退后几步，认真地看了看，觉得挺满意，就将胶水装在自己口袋里，想转身溜走。小苟刚转过身，就惊得差点儿尿了裤子。王莹正站在门口，静静地看着他。小苟做贼心虚地看了看后窗户，一时不知说什么好。

你出去。王莹轻轻地说。

小苟忐忑不安地度过了这个星期天。第二天一上班，小苟就被一个消息击晕了：王莹昨天晚上服安眠药自杀。

小苟醒过来之后就变了一个人。从此，小苟的口袋里经常装着胶水，见到窗玻璃就往上贴纸，整个办公楼上的玻璃都被他贴上纸后，他被送进了精神病院。

王莹服药自杀，但被抢救过来了，之后她就调走了，走得很远，谁也不知她去了哪儿。

买 官 记

邢处长马上要升副局长了，已经当了十几年副处长的关育英有些坐不住了。他想：这一次，无论如何也要挣一挣这个处长的宝座。

关育英28岁那年提的副处长，是整个局里最年轻的副处级。对此，关育英并没有飘飘欲仙，他用更加勤奋的工作来回报领导的培养，所负责的工作每年都在全省系统内名列前茅。

关育英的副处长当到第五年上，他的上司张处长光荣退休了。关育英觉得，这个处长应该非他莫属了。事情是明摆着的，除了他之外，另外两个副处长一个已经年近五十，过了提拔年龄，另一个郝副处长刚刚提起来不足半年，资历比他浅得多。更让他充满自信的是，有一天快下班时，局长破天荒地亲临他的办公室，拍拍他的肩膀说，小关呀，你要有个心理准备，要挑重担了。

关育英准备挑重担了，他等了一个月，等来的却是郝副处长荣升处长的消息。关育英几乎对自己丧失了信心，他在心里反复拷问自己：我到底做错了什么？我哪项工作做得不够到位……不久，局长因为贪污问题被审查，顺便说出了郝副处长给他送了二万元钱的事情，关育英才恍然大悟。

局长被撤换后，郝处长也被撤职了，又从其他处平调进一个麻处长来主持工作。麻处长来的时候年纪就不小了，干了三年，也到了退休年龄。而这时，处里就只有关育英一个副处长了，麻处长退了后，在局党组会议上，局长提议由关育英主持工作，获得一致通过。根据关育英目前的资历和官场惯例，主持工作就是向担任处长的一种过渡，这次，他这个处长基本上已经攥在手里了。那一段时间，关育英一听说局党组开会就激动，以为宣布他当处长的日子马上来临了。但是，会开了很多次，却一直没有宣布让他担任处长。

一年后，局里忽然从其他处室调进了一个姓邢的副处长担任处长。目前，这个邢处长又要升任副局长了。

有了前两次失败的经验，关育英终于开了窍，工作干得再好，关键时刻还是要活动活动。他并不在乎当处长的一些实际利益，他只是想争到一个公道。

现任局长姓牟，是从外地调来的，上任还不到三个月。

这天是个周末，关育英早早地把所有的积累都拿出来，到银行存了一个三万元的存单，把密码写在了存单背面。然后，他又到书店买了一本书，是刚刚获得诺贝尔文学奖的《我的名字叫红》。他从侧面打听到，牟局长非常爱读书，尤其爱读国外的长篇小说。

晚饭后，关育英怀着一颗忐忑的心敲开了牟局长家的门。牟局长对他非常热情，当他看到关育英递上来的那本书，眸子里顿时放出异彩，一把接过去说，早就听说这本书了，一直没时间去买，谢谢你了。接下来，两人不咸不淡地谈了局里的一些事情，全是些无关大局的日常工作。过了大约十几分钟，关育英便起身告辞，牟局长也不挽留，轻轻拍了拍他的肩头说，小关呀，你要有思想准备，要挑重担了。关育英心头一凛：这句话好耳熟呀，幸亏，自己不是多年前的那个生铁蛋子了。

关育英又开始了焦急的等待，这一次，事情快得出乎他的预料，三天后，局里召开了中层以上人员会议，在会上，宣布了提拔他担任处长的决定。

关育英彻底松了一口气，同时心里一片悲凉：这个处长，本来就应该由我担任的，可是，得来的竟是这么的不光彩。

散会后，同事们都聚在关育英的办公室里，除了纷纷向他祝贺外，还吵着让他请客。正闹着，门被推开了，牟局长出现在大家面前。大家以为局长要和新任处长交待工作，就都知趣地离开了。牟局长把一本书交给关育英说，书我已经看完了，谢谢你。说完，转身就走了出去。

关育英下意识地打开了书，一眼就看到，自己夹在扉页前的那张存单竟然还在。他吃了一惊，同时，他发现，在存单的下面，有一张字条：

小关，你这么做，我本来是要在会上公开批评你的，但后来我了解到，在前两次的处长提拔问题上，你受到了不公平的对待，也就理解了你的行为。即使这样，你的做法仍然是错误的，念你初犯，这次原谅你，下不为例……

两颗大大的泪珠滴落在纸条上，关育英这个年近四十的汉子，竟然哭了。

迷　局

　　徐小永大学毕业后，先是考了两年公务员，没考上，又考事业单位，还是名落孙山。他只好去企业打工，经常加班加点，才挣得一份微薄的薪水。

　　徐小永的家在一个小镇上，镇子是几百年的古镇，很有名。每逢双休，徐小永便坐车回家，与以前的同学好友喝酒玩耍。

　　镇子上有一家古玩店，店名很大，叫"博古斋"。店却很小，只有一间门脸，一个瘦瘦的外乡人整天守在店里。店里的生意也很冷清，半天见不到一个人出入。徐小永经常和老五、龙一凡、"骚狐狸"等几个中学同学在博古斋对面的小酒馆里喝酒。有一天，徐小永看着空无一人的街道，忽然有些替这个博古斋担心，生意如此惨淡，这个外地佬拿什么交房租、吃饭呢？他心里想着，竟然随口说了出来。

　　龙一凡瞪着一双红红的牛眼说，你可不知道这一行，"半年不开张、开张吃半年"，里面利头大着呢，这家伙，经常往老家汇钱，哪一年也得汇个十万八万的。

　　龙一凡在镇信用社工作，他的话绝对有根据。

　　徐小永在心里吃了一惊！这个不起眼的小买卖，每年的收入竟然多他五倍，那他这个大学是白上了。

　　徐小永忍不住问，他整天在店里不出去，哪来的生意？

　　龙一凡说，这老家伙在这里待了四五年了，附近几乎每个村子里都有他的"线人"，一发现有旧东西，就带他去看，他总是花很少的钱就把东西买下了，然后一转手就赚大钱，而"线人"呢，也会得一定的好处。

　　徐小永毅然辞了职。

徐小永大学学的正是考古，因为太过冷门，所以总找不到合适的单位。如果再在企业这么混下去，这一辈子也别想在城里买房了。

第一步，他买了很多文物鉴定方面的书，每天坐在家里死读。等读得差不多了，他又扛着一箱好酒，找到了他院中的三大爷。这样，他将博古斋的房子就转租了下来。那房子是他三大爷的，徐小永又不少给租金，他三大爷没有理由为一个外地人得罪他的侄子，就冷着脸将那个外乡人赶走了。外乡人搬走的那天，冲站在门口的徐小永深深地看了一眼，那一眼竟让徐小永打了个冷战。

用了不到一个月的时间，以前外乡人的那些"线人"，都被徐小永收到了麾下。

徐小永逐渐体会到了什么叫"开张吃半年"。他花二百元收的一个明青花瓷盘子，拿到省城搞古玩生意的同学那里，竟然卖了一万多元，这一笔就赚够了他以前半年的工资。有了钱，徐小永开始回报他的同学们。以前，喝酒总是别人买单，现在，他不但请龙一凡他们喝酒，还悄悄带他们到歌厅泡妞，很是逍遥快活。

这年秋末的一个上午，石佛寺村的一个"线人"气喘吁吁地跑来，说他们村有一个菜农在屋后挖菜窖时，挖出了一个瓷坛子，让他赶快去看看。徐小永这时已经买了一辆二手的面包车，他拉着"线人"直奔石佛寺。石佛寺是个大村，离镇子也就五公里的样子，十多分钟就到了。那个菜农的家就在村子边上，靠近大街。他的后院是一片白菜地，菜农挖菜窖就是为了贮藏过冬白菜。徐小永把那件东西拿到手里，心跳顿时加快起来。凭直觉，这是一件明成化官窑烧制的青花团菊蝶纹盖罐，是件真品。他强压抑住激动，不动声色地仔细鉴别起来：胎质纯洁细润，胎体轻薄，如脂似乳，莹润光洁；釉质肥厚，光洁晶亮；用手抚摸，有玉质感。他又看了看罐底的落款，也对，是"大明成化年制"，根据他的专业知识，明成化官窑的瓷器，落款都是六个字，"大明成化年制"或"大明成化年造"，凡"成化年制"四字及"成化"两字款者大多为伪作。他又将罐底对着太阳，从罐口透视，呈牙白色。种种特征都表明，这是个旧玩意儿。徐小永偷眼看那个菜农，五十多岁的年纪，极瘦，一脸的皱纹。菜农正在用铁锨翻一块菜地，丝毫没有注意徐小永。

徐小永将罐放在地上，用脚踢了踢，问，大爷，您说个价，这个玩意要多少钱？

那菜农头也没抬头，边一下一下地翻着地，边说，你是行家，看着给吧。

徐小永见老头并不在意，就说，一口价，两百块，不卖你就留着腌咸菜吧。

那菜农仍没抬头，却撂下了一句狠话：少了十万，不卖。

徐小永吃了一惊，看来，这老头不简单呀！

徐小永问，大爷，罐子是不错，可也值不了这么多钱呀？

那菜农这才停止了翻地，冲徐小永笑说，俺虽然不懂，可俺表弟明白，俺给他打过电话，他说了，少了十万不卖，他正给联系买主。

徐小永又吃了一惊，他虽然不知道菜农的表弟是什么来路，但现在下乡收文物的多如牛毛，好不容易碰上一件，再让别人弄走，岂不亏了。更让他担心的是，据可靠消息，那个被他赶走的外乡人并没有走远，就在离这里最近的一个镇上落了脚，如果他得了消息，肯定会和他争。根据他的经验，这个罐子少说也值三十万，十万块钱买进，利润也非常大。

徐小永又尝试着压价，菜农态度却很强硬，少一分钱也不行。徐小永没有这么多钱，回去筹钱，又担心事情有变。没办法，他只得用车连罐子带菜农一块儿拉到了镇上。

这一年多，徐小永虽然挣了五六万块钱，但因整日喝酒泡妞，又刚买了车，手头上只有两万块。他到镇信用社找到同学龙一凡，又找了另一个同学作担保，贷了八万块钱，才把菜农打发走。

第二天一早，徐小永就开车到了省城文化市场，把罐子抱进他大学同学的店里。

同学仔细地观赏了一番，就问，在哪收的？

徐小永眉飞色舞地把收购过程描述了一番。

同学深深地叹了口气说，怪不得你这么聪明的人也会上当，这法子确实高明。

徐小永一怔，感觉到大事不好。

同学问，你是不是得罪什么人了？一般情况下，同行竞争，不会轻易使用这种毒计。

徐小永的脑子里，忽然闪现出外乡人那让他打了个冷战的眼神。

同学见他发愣，拍了拍他的肩膀说，别心痛，你也算长了长见识，学了一招。留着这个玩意儿，什么时候也到乡下找个可靠的亲戚朋友，唱一出戏，没准能把钱再找回来。

徐小永知道自己被那个外乡人算计了。但他不甘心，问同学，这叫什么计？

同学笑了笑说，这在书本上是学不到的，是古玩行里的一大发明，叫"埋地雷"。

面 子

　　近年，画家莫凤岐的画作价格一路飙升，一张斗方竟然卖到了十万元，而且，少一分不卖。

　　曹伦是一位书画收藏家，非常喜欢莫凤岐的画。但曹伦是一个很精细的人，他既想收藏，又不想花大价钱，所以，他一直谋划着托一个能和莫凤岐说进话的人，少拿点儿钱收购一张。根据曹伦的经验，一般的书画家，都买记者编辑的面子，因为书画家离不开宣传炒作，所以，他们和媒体得维持良好的关系。但是，曹伦托了好几个资深记者编辑，都没有如愿。人家头摇得像拨浪鼓，和莫凤岐讲价，想也别想。

　　曹伦不死心，下大本钱在本市最豪华的大酒店请本市的文化局长和美协主席狠撮了一顿，请他们出面和莫凤岐讲情。他想，市美协凡主席还兼着省美协的副主席，再加上陈局长这个本市的文化官员，两人同时出面，莫凤岐不会不给面子了吧？

　　第二天，二位领导如约陪曹伦一起去莫凤岐家拜访。

　　莫凤岐住在一个叫杨树屯的小村，村子离城区不远不近，有五六里，一条笔直的柏油路直通。村子后面有一片盐碱地，寸草不生，村里花大力气治理过几次，但都没成功，一直荒着。后来，本村村长经过上上下下的一番努力，终于，批下了手续，盖起了一排别墅。莫凤岐两年前在这里买了一套别墅，全家都搬到这里后，他深居简出，潜心作画，基本不和外界打交道。

　　文化局的陈局长是本地人，和杨树屯的村长是初中同学。三人来到村里后，先找到村长，由他领着，来到了莫凤岐的家中。

莫凤岐的态度非常客气，敬过烟、端上茶之后，就让家里人先安排着饭。曹伦心里有了底：看来莫凤岐是不会驳凡主席和陈局长的面子的。

　　没想到，等凡主席说明来意后，莫凤岐的脸接着就冷了下来。他眼睛直直地看着曹伦说，我的画，无论谁来，绝无二价；非常好的朋友来了，只可以分文不取地赠送，但绝不可以落价。我和您，还不太熟啊……

　　一番话，说得曹伦面红耳赤，陈局长和凡主席也非常尴尬。

　　事已至此，饭也不好吃了，几个人只得快快告辞。

　　出了门，三个人都觉无面。

　　村长说，晌午了，到我家吃顿农家饭吧。

　　天气正热，几个人也不愿就此回城，便应了村长。

　　村长回到家，先安排老婆做着青菜，自己骑上摩托车，说是要去买点儿野味儿。

　　几个人吹着凉爽的空调，喝着茶，都无话。曹伦心里已经凉到了底：莫凤岐连这二位的面子也不给，看来，自己想收藏他的画，必须花大价钱了。

　　几个青菜端上来，酒也倒上了，村长的摩托车也进了门。

　　村长买回了烧鸡、熏野兔，一进门就吵吵着让老婆快拿去撕开，盛盘子里。

　　然后，村长从腋下拿出一个牛皮信封，递给了陈局长。

　　陈局长问，什么呀？

　　村长说，莫凤岐的画。

　　三个人同时"啊"了一声。

　　陈局长打开一看，可不，真的是一幅莫凤岐的写意人物画。

　　曹伦问，花多少钱？

　　村长伸出一个巴掌说，五万。

　　陈局长狠狠地拍了村长一下说，狗日的，你比我这局长面子还大呀！

　　村长一咧嘴，嘿嘿，我一出门就打电话，让村里停了他的电和水。

母爱的震撼

褚一飞是个送奶工，每天骑着摩托车穿梭于各个小区的楼群之间。

这天，褚一飞在 16 号楼下停好摩托车，刚想上楼，猛然看见一楼东户的窗前，站着一个人，像在和他说话。他以为有人要订奶，就停了下来。那是个三十出头的女人，她盯着窗台上的某一个地方，不断地说着什么，一边说，还一边做着一些奇怪的动作。显然，她并不是和褚一飞说话，因为她的眼光没有往外看，而是紧盯着窗台上的一个地方。褚一飞想，她大概精神有问题吧。就不再理会，拿着奶就上了楼。

从这一天起，褚一飞每到 16 号楼送奶，就下意识地往一楼东户看一眼，结果，他经常发现那个女人站在窗前，看着窗台上的某一个地方，口中念念有词，脸上的表情也很亲昵。褚一飞多次观察，窗台上别说是人，连只小狗小猫也没有。他断定女人肯定是精神病患者了。

一天傍晚，褚一飞送完奶，在小区旁的一个菜店里买菜。付钱时，正好看见那个疑似有精神病的女人提着一大兜菜，也在排队付钱。周围有几个买菜的女人，看样子和那个女人很熟，不断地和她说话，还开着不大不小的玩笑。那女人也和她们说说笑笑，反应竟然非常正常，一点儿有精神病的迹象也没有。不知出于什么心理，褚一飞往一边让了让说，大姐，您先结。那女人笑了笑说，谢谢了，我不着急。通过这简短的对话，褚一飞明白，女人并不是精神病，也许，人家是演员，在家里那是背台词呢。

不久之后的一天下午，褚一飞在给 16 号楼送奶时，在奶箱里发现了一张纸条，是订户留给他的：一楼东户要订奶。

褚一飞按响了一楼东户的门铃。开门的是一个瘦瘦的男人，三十来岁的样子。褚一飞问，您是要订奶吗？男人点了点头，问清了价格后，就给褚一飞拿钱。在收钱、找钱、开收据的过程中，褚一飞依稀听见隔壁的房间里传出那个女人的声音：你饿吧……要早点回来呀……听话……真是妈妈的乖孩子……褚一飞走了神儿，以至于把手续都办好了还站在那里。直到男人问了一声，你还有事儿吗？他才缓过神儿来，尴尬地笑了笑问，你家大姐，在逗孩子呀？男人神色暗了一下，叹了口气说，有孩子逗就好了。见他不解，男人又说，我们本来是有一个女儿的，可是，被车撞了，没抢救过来……这不，从那开始，她一有时间就站在那里，看着孩子的相片絮絮叨叨，这日子真的没法过了。褚一飞临走又随口问了一句，她这样多长时间了？男人说，三个多月了，再这样下去，她疯不了我也得疯了。褚一飞的心剧烈地颤了一下。

　　褚一飞出了楼道的门，刚跨上摩托车，一楼东户传出了激烈的争吵声，接着，窗户被打开了，一件东西被扔了出来，"啪"地摔在褚一飞的面前。那是一个小小的相框，里面镶着一张女孩的照片，照片上的女孩正笑着，笑得非常非常甜。褚一飞眼前一黑，几乎和摩托车同时摔倒。

　　当天晚上，褚一飞就把自己的业务转给了一个同事。第二天一早，他把自己送到了交警大队。

　　只有褚一飞知道，三个月前的那个中午发生了什么。那是夏天里最热的时候，人们都在午休，褚一飞在这个小区的朋友家喝了酒，骑摩托车回家。那一天，他骑得很快，在 16 号楼拐弯时，把迎面走来的一个小女孩撞出了三四米远，那女孩只有五六岁，被撞倒后一声都没有哭，手里还紧紧攥着一只小布丁雪糕。褚一飞吓蒙了，酒也醒了一半，他左右看了看，周围一个人也没有，就一加油门，摩托车旋风一般疾驰而去！

默 契

马力是偶尔路过这条街的。马力以前下班总走最近的那条路，可眼下那条路因埋设煤气管道而无法通行了，马力只好绕道而行，就绕到了这条街上。

中午的日头毒辣辣地炙烤着街上的行人，人都无精打采地低着头，匆匆忙忙地往家赶。这是一条南北走向的新开发的街道，街两旁的树还只有小孩的胳膊粗，所以整个街上一点儿荫凉也没有。马力以前经常走的那条街两旁都是一搂粗的法国梧桐，在树下骑着单车，凉丝丝的，说不出的惬意。可眼下马力觉得自己快被日头烤干了。他眯缝着眼，无奈地往街两旁扫了几眼，他纯属无意识地扫了几眼，就扫进了一个镜头。

一个年近花甲的老妪，蹲在没有任何蔽荫的路边上，一只干瘦的老手徒劳地举着一张报纸，无力地向路人摇晃着兜售。白晃晃的日光照在她满头的白发上，使她的白发白得有些刺眼。路人都匆匆地往家中急奔，谁也没有看她一眼的时间，更没有人肯停下来买她的报纸。她孤零零地蹲在路边的报摊前显得那么无助和可怜。马力的心在一瞬间剧烈地抖了一下，一个同样苍老的面容在脑海里一闪，那是他远在乡下的母亲。同样是下意识地，马力在老妪面前停了下来，买了她一张报纸。然后，他将报纸夹在单车的后货架上，匆匆回家了。

马力买的是一张《都市晨报》，他们单位订了好几份，因此马力一进家属院的大门，就顺手将它送给了看大门的老于。

以后的日子里，马力仍然从那条没有任何荫凉的街上走，仍然每次都下意识地在那位老妪面前停下单车，然后买她一张《都市晨报》，再然后将报纸送给看大门的老于。老于也是个可怜人，三个孩子上学全靠他一个人的工资硬撑着，据说老伴又没有工作。

一个夏天过去了。马力以前走的那条有法国梧桐的街早已经埋好了煤气管道，但马力仍然走这条没有树荫的街，仍然买那老妪的一张晨报送给看大门的老于。

一年过去了，两年过去了……

终于有一天，马力下班再路过那条以前没有任何荫凉而现在已经绿树成荫的街道时，路边上没有了卖报的老妪。在老妪以前卖报的地方，站着看大门的老于，手里拿着一张《都市晨报》。马力在老于面前停下单车，老于就很自然地将报纸递给了他，像以前的老妪。

马力吃惊地睁大了眼睛。

老于告诉马力，老伴已经不能再来卖报了，她得了胃癌，已经到了晚期，现在住在医院里。马力仍然呆呆地望着老于，不知说什么好。抻了一会儿，老于又说，其实，她早就不必要在这儿卖报了，身体不好是一方面，主要是孩子们都参加了工作，不需要她再挣这几个钱了。可她偏不，她说有个好心人，每天都买她一张报纸，为等他一个人，她也要来。孩子们劝不住，就不让她挨号去批报纸了，每天给她零买一张，让她再来卖给那位好心人，她这样又坚持了三个月……老于终于说不下去了，两行老泪蜿蜒而下。

第二天上午，马力请了假，来到老妪的病房时，老妪已经闭上了眼睛，她手里攥着的，是一张当天的《都市晨报》。

那是她卖给马力的最后一张晨报了。

匿 名 者

吕国才是一个拥资过亿的大老板，本来活得极为滋润。可是近来，他的生活却出了很大的麻烦。

最近，他从报纸上连连看到一些富翁被歹徒杀害的报道，就隐隐为自己担心起来：犯罪分子会不会瞄上我呢？为了安全起见，他把家里的防盗门窗都换了安全系数最高的，每晚睡觉前都要认真检查一遍。他还高薪雇佣了两个散打高手做保镖，整天不离他的左右。同时，他花了一大笔钱和与他有暧昧关系的几个女人断绝了来往，因为从一些报道中，事情往往坏在这些女人手里。

做了这些，他认为应该高枕无忧了。万万没有想到的是，一天早晨，他在自己客厅的茶几上发现了一张纸条。纸条上的字迹歪歪扭扭的，很明显，是写字的人为了掩饰自己的笔迹用左手写的。纸条的内容和报纸上报道的如出一辙：请你今天日落之前准备二百万元现金，送到我们的指定地点，到时候我们会给你打电话。不准报警！否则杀了你的全家！

吕国才额上的汗像小溪一样淌了下来。他赶紧将门窗全部检查了一遍，门和窗户都锁得牢牢的，一点儿被撬过的痕迹也没有。这个人是从哪里进来的呢？怎么一点儿动静都没听见呢？如果这个人要取自己的性命，那自己不早就完了……吕国才越想越害怕，他决定花钱消灾。

当天上午，他就在保镖的护送下，在银行提取了二百万元的现金，放在了一只密码箱里。整整一天，他就坐在家里等歹徒的电话。难熬的一天终于结束了，吕国才的手机和固定电话都响了很多次，但都是他的客户和公司的员工打来的，没有一个陌生电话。他对晚饭也没有了胃口，就坐在客厅的沙发上一直苦等着，一直等到零点，他也没有等来歹徒的电话。怎么回事呢？难道歹徒做贼心虚，以为自己已经报了警，不敢来了？真要那样的话，那自己可真的要倒霉了。就这么胡思乱想着，他不知不觉在沙发上睡着了。

一觉醒来，天已大亮。吕国才揉了揉发涩的眼睛，一眼就看到面前的茶几上放着一张纸条，他拿起来一看，和昨天那张的内容一样：请你今天日落之前……不准报警！否则杀了你的全家！

这歹徒搞什么鬼呢？是不是先试探试探他，然后再玩真的？

又是难熬的一天过去了，歹徒仍然没有给他打电话。吕国才明白，自己遇上的绝对不是一般的歹徒，报警对自己来说那就等于自取灭亡。当天晚上，他让自己的两个保镖从客厅里喝茶，整夜不许睡觉。

第三天的早晨，那张神秘的纸条却出现在了他的床头柜上。

吕国才想，既然歹徒在两名保镖的眼皮子底下进出自己的卧室都这么容易，那么想要自己的命，也是手到擒来的事情，但歹徒已经三次进入他的家门了，并没有损坏家里的一点儿东西，说明歹徒不想伤害自己，只想要钱。他下定了决心：等。

一连七天，吕国才天天接到歹徒的纸条，天天在家等电话，天天等到零点才敢睡觉。他觉睡不踏实，饭也吃不好，人整个儿瘦了一圈，几乎快虚脱了。

吕国才觉得自己再这么等下去，非让歹徒逼疯了不可。第八天，实在忍无可忍的他终于报了警。

很快，刑警队副大队长关志刚就带领三个刑警赶来了。关志刚是本市警界有名的办案高手，因为吕国才也是本市的名人，所以两人并不陌生。关志刚把屋里屋外、门窗走廊，以及整幢别墅的里里外外全部侦察了一遍，结果什么线索也没有找到。他摇了摇头说，犯罪嫌疑人有着很高的反侦察能力，他甚至没有留下一个脚印。

吕国才只觉得后脊梁上一阵阵地冒凉气儿，难道说，歹徒会化成一缕风，从门缝里钻进来？

关志刚说，你不用害怕，我们今天晚上会派人保护你的，放心吧，不会出事的。

当天晚上，在关志刚的安排下，有四名便衣刑警住进了吕国才的别墅里。四个人分成两组，院内两个，屋内两个，整夜巡逻。

因为有警察在，这一觉吕国才睡得踏实多了。早晨，他睁开眼睛时，发现床头上仍然躺着一张纸条……他惊叫一声坐了起来，发现关志刚站在卧室的门口，正冲着他微笑。

吕国才不解地问，你笑什么？

关志刚说，我已经把案子给你破了，当然高兴了。

吕国才大喜，真的，人抓到了没有？

关志刚说，你还是先看一看这段录像吧！

关志刚打开了客厅的电脑，然后把一台微型摄像机的数据线插进了电脑的 USB 插孔。很快，液晶显示器上出现了一个人影，他像一个盲人般摸索着走到一张写字台前，然后从抽屉里取出一张纸条，用左手握笔写了起来……

吕国才简直不敢相信自己的眼睛，因为录像上的人，竟然就是他自己。

关志刚关掉电脑说，其实昨天我一听你介绍情况，就猜了个八九不离十，根据你这套别墅的安全设施，外人要想进来，只能采取破坏性的方法，那样会发出很大的动静，你和你的保镖不会听不到。

吕国才惶恐地问，我这是怎么了？

关志刚说，主要是你在这方面的心理负担过重，你总担心自己会被绑架、暗杀，并从潜意识里设想过歹徒会对你采取的种种方法，久而久之，在你的大脑里形成了这种事件的假想，等你睡着了，这种假想却活跃起来，支配着你去做假想过的事情，比如你用左手写字，就是受了一些案件报道的影响……说白了，你这是一种梦游。

吕国才拍了拍自己的脑袋说，弄了半天，我是自己吓唬自己呀！

 # 暗访记

春风拂面的夜晚，街上霓虹灿烂。

一个花瓶般的女孩子站在路边，双目顾盼生辉。

我走了过去，走近了，女孩子冲我一笑，先生？你做按摩吧？

我问，多少钱？

女孩一笑，竟笑出了几分姿色，有几分动人。

女孩说，很便宜的，只要五十元。

我说，确实便宜。

女孩说，那我们走吧。

我跟着女孩，穿过一条弯弯曲曲的小巷，又横拐竖拐地转了几个弯，来到了一间出租屋里。

女孩说，脱衣服吧。

我说，按摩还要脱衣服吗？

女孩说，先生别开玩笑了，这年头，谁还不懂这个呀！

我说，那，这样得多少钱？

女孩说，也不贵，一百元钱。快脱吧，来到这里的，没有一个不脱的。

我说，你灭了灯，我再脱。

女孩拉灭了电灯。

我说，我脱完了，你脱吧。

女孩说，我也脱完了，你来吧！

我小声说，你稍等，我得等上来情绪。

女孩说，我帮你。

我说，不用。

几分钟后，门忽然被撞开了，同时，灯光大亮。几个男人闯了进来。

为首的一个秃头冲我亮了亮一个红皮的东西，说，我们是派出所的治安巡逻队，你是干什么的？

我问，你怎么巡逻到屋里来了？

秃头说，有人举报，这里有卖淫嫖娼的，请你跟我们回去协助调查。

我说，我什么都没有干呀，有穿着衣服嫖娼的吗？

几个人这才发现我衣服穿得整整齐齐的。就一起转头看那个女孩，女孩还光着身子，缩在墙角。

有一个人问，你是不是刚穿上衣服呀？

我根本就没脱！不信，你问你们的搭档。我指了指缩成一团的女孩。

几个男人都吃了一惊，你什么意思？我们怎么是搭档？

我笑了，我说，我不知道你们是不是真的接到了所谓的举报，我倒是接到了很多举报，人家举报你们"钓鱼"，我是来暗访的。

几个男人面面相觑，那个女孩则飞快地站起来，手忙脚乱地穿上了衣服。

秃头问，你你你……是干什么的？

我掏出记者证。

几个人的脸都变了颜色。

秃头说，你是记者，也不能证明你就没有嫖娼，明星还有嫖娼的呢！你是被抓住了拿记者身份蒙我们。

我用力拍了拍手，门外进来两男两女。

我说，我给你们介绍一下，这些都是我的同事，一直跟在我的后面，嫖娼有带同事的，但有带女同事的吗？

秃子耷拉下了脑袋，几个人都耷拉下了脑袋。

第二天一早，我就把这篇稿子在自己负责的版面上发了出来，题目是《本报频频接到×××派出所"钓鱼"举报，记者卧底暗访揭开事实真相》。同时，我将稿子传给了省报。过了几天，省报也报道了这件事情。

这天，我正端详着省报上自己的稿子自得，总编用内线电话喊我过去。

总编的脸上带着歉意的、甚至是谦卑的笑。总编脸上一带这种笑，我心里就发毛，准没好事儿。

总编说，你的那篇关于派出所"钓鱼"的稿子，在社会上引起了很大的反响。

我说，这是好事呀，很多媒体因为死气沉沉还造假新闻呢，咱这可是实打实的真事儿。

总编咽了口唾沫说，可是，这件事情给我们市带来了非常不好的负面影响……

我隐隐感觉事情不妙，就虚张声势，这有什么不好，我只是维护了正义，这是新闻工作者最起码的良心……

总编用手势制止住我说，你不用多说了，你说的，我都懂。是的，你没错，可是，现在上头让我把你解聘……

我一下站了起来！脸涨得通红。

总编赶紧双手按住我的肩膀，边往椅子上按边说，我知道，这对你很不公平，可——我不这么做，就得从这个位置上走开，换个人来，还是得解聘你，只是多了我一个牺牲品而已，老弟呀，很多事情，等你年龄大了，就看开了，你还很有前途，到哪里都是一把好手，我也舍不得你呀……

总编后面的话我就听不清楚了，我的脑子里反复着一句话：此地不留爷，自有留爷处！此地……

就这样，我离开了新闻单位，写起了小说，后来，人们开始称我为"作家"。

我终于可以畅所欲言地说自己想说的话了。好多人认为，小说都是编造的，虚构的；新闻是真实的。其实，很多时候，小说所说的，才是真实的，新闻，鬼知道哪是真的，哪是假的……

百年魔咒

柳四爷一看这满桌子黄澄澄的金子，就知道自己的死期到了，不由得心里一阵悲凉：自己刚刚四十过五，怎么就摊上了这档子事呢？

柳四爷是今儿一大早被几个小匪从被窝里掳来的，说是给他们卧虎山大当家的干点儿活去。柳四爷心里虽然害怕，但知道也不至于送命。前年，卧虎山的压寨夫人生孩子，就是从柳四爷的村子里请的接生婆，听人说，那接生婆不但毫发未伤，临回，还是被轿子抬下山的，还带回了成匹的绫罗绸缎。

柳四爷是当地有名的金匠，他原以为，土匪让他上山，无非是给女人打个钗呀坠呀项链呀，或给匪崽子打个项圈金锁什么的，他做梦也想不到，摆到面前的，竟是这么一大堆的黄金。这些黄金全是成品，除了女人孩子佩戴的金首饰外，还有金佛、金香炉、金碗等等，五花八门，一看就不是正路上来的。

卧虎山大当家的绰号"下山虎"，黑脸，长一脸大胡子，虎背熊腰，说话声音不高，但掷地有声，他盯着柳四爷的眼睛说，柳四爷，今儿咱要辛苦你了，这些金货，要全熔了，打成一般大小的金条。

说着，将一根沉甸甸的金条扔在了柳四爷面前的石桌子上，金条发出一声脆响，然后剧烈抖动着，发出嗡嗡的鸣响，少顷，才安静下来。随着那鸣响，柳四爷全身剧烈地颤抖起来。

柳四爷开始磨磨蹭蹭地支炉、起火，熔金。他明白，金条打完之日，就是自己离开人世之时。金匠行里，只要谁接了大活儿，在世的日子就要按天数了，活儿干完，人必死无疑。这是金匠行不成文的百年魔咒，已经被很多同行前辈验证过多次了，根本无一幸免。柳四爷的父亲，是给县衙门接走的，那一年，他的父亲已经年近六十。柳老爷子在县衙门待了七天后，就被送了回来。接走的是活生生的人，送回来的，却是一具僵硬的尸体，说是中毒身亡。当然，和尸体一同被送回来的，还有一份厚礼。柳四爷的师叔，是被县龙盛商行的朱老板派人接走的，在那里整整待了十天。后来，就有人回来报信，说是他忽然得了失心疯，自己跳崖摔死了，连尸体都没找到，估计是让野物儿给祸害了。最后，龙盛商行赔了一大笔钱，这件事也就了了。

"下山虎"每天都要来柳四爷干活的山洞里看几眼，见柳四爷干得很慢，也不催促，临走说一句，你尽管慢慢干，咱不急。

尽管柳四爷干得很慢，但到了十五天上，还是把金条全部打成了。几百根金光闪闪的条子整齐地码在石桌子上，煞是灿烂。

"下山虎"看了看这些金条，又看了看柳四爷，笑了，柳四爷，真是名不虚传哪！来人！

柳四爷的脸当即就白了。

却见一个小匪，手托着一个木头托盘呈了上来，托盘上面平展展地铺着一块红布，红布上面摞着高高的两摞子大洋，足有一百块。

柳四爷疑惑又胆怯地看了"下山虎"一眼，不知他葫芦里卖的什么药，没敢接。

"下山虎"亲自用红布把那大洋包了，递给柳四爷，并笑道，柳四爷活儿干得地道，咱这当土匪的也讲究讲究，一点儿小意思，请笑纳吧。

柳四爷迟疑地将大洋接了，仍然不敢相信这是真的，就颤颤地叫了一声，"大当家"，我……

"下山虎"忽然就明白了，哈哈大笑道，柳四爷是吓坏了吧，咱这里没那些丧良心的破烂规矩，山下的有钱人，无论官商，都有见不得人的鬼勾当，怕露馅儿，咱是他娘的土匪，咱连官兵都不怕，难道还怕有人听了信儿，上山来抢咱的金条不成！

言罢，仰天一阵狂笑。

柳四爷这才明白自己确确实实是捡了条命，当即谢过"下山虎"，就急匆匆地往山下奔去。

"过山虎"在后面喊，不用跑这么急，咱是大老爷们，说过了的话，

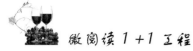

不会反悔的。

柳四爷好像没有听见，仍然急匆匆地向山下跑，逃命般。

下了山，在进镇子的路口，正遇上赶脚的陈二狗。柳四爷说，陈二，快扶我上驴。

陈二狗一边将柳四爷扶上自己的毛驴，一边说，唉，柳四爷今儿怎么豁出去了，舍得雇驴了？

柳四爷说，少说没用的，快送我回家。说完，就双手捂胸，趴在了驴背上。

陈二狗见事儿不妙，以为他病了，就紧抽了几鞭子，小毛驴得得得地快跑起来，不消一刻，将柳四爷送到了家。

柳四爷进门一看，院子里正有人给一口棺材上漆，而他的女人孩子，都已经披麻戴孝了。

众人见了他，先是一惊，后都纷纷围上来问，四爷，你竟回来了！你怎么活着回来了……

柳四爷双手分开众人，进了屋，往炕上一躺就对女人说，快把人都赶走，关门落锁。

等屋子里就剩下自家人时，柳四爷黯然说，我以为这一去必死无疑了，谁知，那"下山虎"竟放了我。

女人和孩子们围在他面前，都一脸的惊喜。

柳四爷叹一口气，眼泪便下来了。他哽咽着说，可是，我还是没命活，我……我不该在最后的一天，吞了一大块黄金呀——

言罢，口中狂喷鲜血，气绝而亡。

屋门发出一声大响，闯进来四个短打扮、持短枪的小匪，为首一人走上前来，对女人说，奉大当家之命，一来吊唁，二来取回山上的东西。

言罢，那小匪持一把牛耳尖刀，在柳四爷的腹部插入，一旋，一挑，一块小孩拳头大、沾满鲜血的金块，就跳到他的手上。

女人和孩子们都吓傻了，一声都没吭，一动都没动。

那持刀的小匪一招手，几个人同时消失了。

宝 刀

关子明靠打铁谋生。但他的名气不是因为打铁手艺，而是他有一把祖传的宝刀。

据说，这把刀已经传了十几代了，是当年关羽遇害后，一个崇拜关羽的吴国副将把青龙偃月刀的刀头作材料，经过数月的火炼水淬精制而成，可以迎风断草，削铁如泥。

拥有宝刀的关子明，据说也有一身的好刀术，但是，镇上的人们都没有见过他练刀，甚至连他的刀也没见过。那把刀，终日被关子明负在背上，外面有一个黑色的刀鞘。

鬼子在镇上修起了炮楼子。

鬼子小队长中村嗜武如命。他从一个汉奸嘴里知道了关子明，就找上门来。

盛夏的天气，关子明封了火，正在铁匠铺子里喝大叶子茶。

中村弯腰进了铁匠铺子，他带来的两个兵一左一右，把住了门。

中村问，你的，关云长的后人？

关子明斜了他一眼，点了下头。

中村说，我的，读过三国，非常佩服关云长，可是，我们隔着这么远的时空，没法交流。今天，能遇到他的后人，我的，三生有幸。

关子明这才站起来，双臂抱在胸前，你说，什么事吧？

中村笑了，他缓缓抽出了东洋刀，我的，想和你切磋一下刀法，你的，敢不敢？

两人在铁匠铺门前的空地上站定。

铁匠铺前很快就站满了围观的人。

中村双手擎刀，刀尖冲天，蓄势待发。

关子明一动不动。

中村叫道，拔刀吧！

关子明摇了摇头，从门前的柳树上折下一根小拇指般粗的柳条儿，用手一撸，碧绿的柳叶儿撒了一地。

中村怒道，你的，敢藐视我们大日本帝国的东洋剑法？

关子明一笑，你尽管来吧！

中村号叫一声，东洋刀闪电般向关子明头顶劈了下来！

关子明手腕微微一动，那枝柳条儿带起一股清脆的风声，后发先至，击在中村的双腕上，东洋刀劈至半路，便软软地落在地上。

中村诧异地看了关子明半晌，说，关的，我想领教的，是你的刀法。

关子明说，如果我拿的是刀，你的手还在吗？

中村脸红了，但他仍然坚持说，我的，是想看一下你的宝刀！

关子明说，可以，等你赢了我。

中村叹了一口气，走了。

周围爆发出一片雷鸣般的掌声。

此后，中村多次来挑战，均大败而归。

而且，关子明从未拔出过他的那把宝刀。

关子明名声大噪。

后来，八路军武工队的邢队长被组织上安排在镇上养伤。由于叛徒告密，泄露了风声，中村带着一小队鬼子兵在镇上挨家挨户搜查。当搜到关子明的铁匠铺时，关子明一尊铁塔般站在门口，一动不动。几个鬼子刚一靠前，他就将手伸向肩后，握住了刀柄。鬼子吓得连连后退。

中村冷笑道，关，你终于肯拔刀了！

关子明摇了摇头，你的，不配。

中村狂怒道，关，你的明白，今天不是和你私下比武，而是执行大日本皇军的军务，希望你能识相点。

关子明像一棵树，就长在了门口。

中村一挥手，开枪！

几个鬼子端起三八大盖，瞄准了关子明。

关子明探手入怀，然后一扬手，几只飞镖同时飞了出去，鬼子们还没来得及拉开枪栓，就倒在了地上。

　　中村向天开了一枪，一大队鬼子拥了过来。

　　中村笑道，关，我的，今天一定要见识见识你的宝刀。

　　他冲鬼子们说了一通日语，鬼子们都退下弹夹，挺着刺刀向关子明扑了过来！

　　关子明拳脚并用，在鬼子们的刺刀中穿插自如，鬼子只要挨近他，他或掌劈或拳打，都是一招命中要害，片刻之间，已经有十几个鬼子尸横当场。

　　鬼子越聚越多，明晃晃的刺刀逐渐将关子明逼到一个墙角，由于可供周旋的空间越来越小，他的大腿上和胳膊上都被刺了一刀。

　　中村在圈外狂笑道，关的，你的，再不拔刀，就死啦死啦的。

　　关子明伸手握住了肩后的刀柄。

　　鬼子们忽然退潮般，纷纷向后退了十几步，个个面露恐慌。

　　借此机会，关子明从地上捡起一支枪，将枪刺卸了下来。

　　鬼子们见他没有真的拔出宝刀，又扑了上来！

　　一场恶战，血肉横飞。

　　当最后一个鬼子兵倒下时，伤痕累累的关子明也倒了下去。

　　中村得意地走过来，用手枪指着他道，关，你的刀，要归我了。

　　一声枪响！

　　中村倒在了血泊中。

　　是藏在铁匠铺的武工队邢队长开的枪。

　　邢队长扶起奄奄一息的关子明，不解地问，都到了生死关头，你为什么还不拔刀？

　　关子明苍白的脸上掠过一丝笑容，他艰难地握住刀柄，将刀拔了出来……

　　竟然是锈迹斑斑的一把柳叶刀！关子明轻轻一抖腕子，刀片竟从刀柄处断了。

　　邢队长不解地看着他，这就是你祖传的宝刀？

　　关子明惨然一笑，这刀，在鞘里，是一把祖传的宝刀，能震慑敌胆；拔出来，就是一张生铁片子……所以，宝刀，只适合待在鞘里。

爱 莲

　　爱莲是村里最惹人羡慕的姑娘，人俊俏，脾气柔和，尤其是她的刺绣活儿，更是堪称一绝。爱莲心里早就有了人，他就是村里唯一一个做服装生意的龙力。爱莲喜欢龙力的闯劲和上进心，她知道龙力早晚会成就一番事业。

　　果然，龙力的服装生意越做越大了，他已不满足于在农村赶小集了，准备到县城去开一家服装商店。临走的头天晚上，爱莲把卖绣品攒下的五千元钱送到龙力的家里。临走，龙力紧紧抱住她不松手，一遍又一遍地吻着她说："莲，我想要你。"爱莲想想早晚也是他的人，就依了他。

　　龙力的生意越来越忙，爱莲好久见不到他的人影了，就抽了一个空闲的日子，叫村里的一个姐妹陪着来城里看望龙力。

　　龙力正在办公室里坐着，见了爱莲，忙不迭地吩咐一个打扮得很入时的女孩子沏茶、端瓜子。那女孩儿一边干着活儿，一边用眼角不住地瞟着爱莲。

　　中午，龙力把爱莲和同去的那个姐妹领到了一家大饭店的雅座里，那个女孩子也跟着去了。龙力大方地要了一桌子菜，然后就开始大杯地喝酒。几个女孩儿都喝饮料。龙力喝到醉醺醺的时候，两个服务小姐一左一右坐在了他的两边，龙力顺手一揽将两个小姐同时抱在了怀里。两个小姐就将酒一杯一杯地直接倒进他的嘴里。那个打扮入时的女孩子挺生气，就骂骂咧咧地上前拽开了她们。爱莲一直静静地看着这一切，一句话也没有说。

　　临走的时候，爱莲才低声对龙力说，刚才，你全是做给我看的吗？见龙力无语，她又低声说了一句，其实，你又何苦如此？

　　爱莲回家不到两天，就收到了龙力寄来的五千元钱和一封信。爱莲把钱从邮局取出来，重新又存入了银行。那封信，爱莲拆也没拆就烧了。

一天，县外贸的一个人找到爱莲家里，说爱莲的刺绣产品已称得上是工艺品了，如果拿到国际市场上，肯定会受欢迎。那人还说了想和爱莲联合办一个刺绣厂的意向，爱莲负责技术培训和组织生产，外贸负责销售。爱莲爽快地答应了。

爱莲先把精心绣制的样品交给外贸去联系订单，然后取出银行里存的五千元钱当作启动资金，购买了一些必需的工具和材料，并在家里的两间空房子里抓紧教村里的姐妹们刺绣技术。姐妹们都基本掌握了要领时，订单也来到了，这个没有厂房的小厂就开始了生产。

爱莲对产品质量要求得很严格，对不合格的产品，宁可自己一宿不睡觉也要修好。她们的产品很快在国际市场上打开了销路，订单越来越多了。爱莲适时补充了人员，在外村接连招了几批新职工，由技术已经熟练的本村姐妹负责培训。厂子越办越大了，三年后就正儿八经地建起了一套厂房，套起了一个大院，成了一家像模像样的私营企业。

爱莲成了方圆几十里内有名的青年企业家。这一来，向爱莲求婚的人更多了。但是，所有的求婚者都被爱莲委婉地拒绝了。姐妹们都关心她，问她想要个什么样的。爱莲说，我想等办完两个大事后再考虑自己的事。姐妹们都沉默了。她们知道，爱莲的两个大事是在村里修一座学校和一座敬老院。但这需要几十万的资金，谈何容易。

就在爱莲的刺绣厂正红火的时候，龙力突然来找她借钱。

龙力出事了。龙力仅用几年的时间就挣了五六十万元，脑子一发热，就把商店交给那个打扮入时的女孩子经营，自己跑到深圳去炒股票了。结果他一入股市就陷进了超级机构设置的圈套，购买的股票一夜之间一落千丈，资金全被牢牢地套住了。祸不单行，当狼狈不堪地回到本市时，痛心地发现他的服装商店已成了一副空架子，那个女孩子席卷了他的资金逃之夭夭了。这接二连三的变故给龙力造成了几乎致命的打击。银行开始向他追要贷款，他聘用的那些营业员也纷纷找他要工资。在他多方周旋无效的情况下，只得硬着头皮来找爱莲借钱，并且一张嘴就二十万，一半用来还账，另一半用来重整旗鼓。姐妹们都劝爱莲别把钱借给这个狼心狗肺的人，以免打了水漂。爱莲想了想说，乡里乡亲的，总不能见死不救吧。就写了一张十万元的支票交给龙力说，我只能借给你这些，先把账还上，其余的事你自己想办法吧！龙力看了看这十万元的支票，沉思了片刻，然后咬了咬牙，像下了什么决心似的又默默地把支票还给了爱莲。爱莲惊诧地盯着他问，为什么？龙力苦苦地笑了笑，转身走了。

两年之后，一座占地十五亩的敬老院建起来了。竣工典礼刚结束，爱莲就病倒了。一查，竟是绝症。尽管爱莲一再嘱咐知情的姐妹们保密，但全村人还是都知道了，一时间，村里一片惋惜声：这好人咋就不长寿呢？

由于刺绣厂的效益较好，近两年来周围接二连三地冒出几十个同类厂家，使市场很快达到了饱和，爱莲的刺绣厂因产品积压严重，被迫停产了。爱莲流着眼泪对姐妹们说，我没有完成自己的心愿，死也不会瞑目。

就在爱莲奄奄一息的时候，龙力回来了。

这两年来，龙力一直在炒股，由于他吸取了以前的教训，凭着自己的聪明，很快成为一名炒股高手，收入也颇丰。龙力回到村里，知道爱莲的情况后，立即拿着一张三十万元的支票来到她家里。他双手递过那一张三十万元的支票说，爱莲，这是我用来赎罪的，请你无论如何收下。

爱莲艰难地摇了摇头。

龙力流着眼泪说，爱莲，你知道吗？当初你把那十万元的支票交给我的时候，我的心是什么滋味，我对不起你在先，但你没有说过一句怨言，使我的心里一直非常愧疚。我找你借钱是假，我只是为了给你一个骂我、污辱我的机会，那样我就不欠你的了。但你没有，还把辛辛苦苦挣来的钱借给我，将心比心，我不是人哪！说罢，这个健壮的汉子竟然趴在床头上"呜呜"地哭了起来。

爱莲的泪水也着苍白的面孔滑落到枕巾上。

龙力在回村的第二天就开始张罗修建学校的事，他说，我一定要让爱莲亲眼看见学校建成。

半年之后，一所高标准的学校建成了。爱莲就在学校开学典礼的当天欣慰地闭上了眼睛。

龙力把这所学校命名为"爱莲学校"。从此以后，每逢有人问起这所学校校名的由来，村里的每一个人都会作出同一种回答：我们村里曾有一个好姑娘，她叫爱莲。如果再深问下去，就没有了回答，只有一脸晶莹的泪水。

出 轨 记

兰心无意中知道丈夫有了女人时，心一抖，手中的剪刀差点儿把顾客的耳朵给剪破。

顾客是一个饶舌的妇女，她一边让兰心给剪着头，一边唾沫飞溅地和同来的伴儿说着话。

你知道吗？我们楼上那个小妮子，就是戏校毕业的那个小狐狸精，和一个开出租车的司机粘上了！

这句话兰心并没有听到心里去，毕竟这镇上出租车司机很多，她一点儿也没往丈夫的身上想。兰心今年刚三十出头，还颇有姿色，开的这个小理发店生意十分红火。丈夫不分黑白地在外面开出租车，收入也不错。两口子的小日子很红火，在镇子上算是上等人家。在老家，她们还有一个三岁的儿子，又聪明又伶俐，这三口之家使镇上很多人羡慕得眼红。所以，兰心非常满足，对丈夫也非常放心。

哎呀！我们这些街坊邻居真是看不下去了！那个男人天天开着个破桑塔纳去接她，到了楼下就一个劲儿地按喇叭，吵死人了！

这一下兰心的心才狠狠地痛了一下！镇上开出租的不少，可桑塔纳就她们家一辆……兰心觉得大脑一片空白……

傍晚，兰心刚刚缓过一口气来，丈夫的电话就打过来了，她没好气地问，干吗？

丈夫还是那一副豁达大度的口气，怎么了老婆？又和顾客生气了？别生真气，事情过去了就算了……

你到底有什么事？兰心不想听他再表演下去了。

噢，大军他们几个，要找我聚一聚，晚上就不回去了。

兰心一声不响地挂了电话。她在心里早就打好了主意。

夜幕降临后，兰心就开始在饭店门口寻找丈夫的车。镇上仅有十几家饭店，所以兰心没费什么事儿，就把丈夫和一个挺漂亮的女孩子堵在了酒店的包厢里。

兰心既没有吵也没有闹，一个人默默无言地回了家。兰心是个聪明人，她想让丈夫自己悔悟。

半夜，丈夫回来了，把愧疚与不安写满了整张胖脸。经过丈夫一夜的苦苦哀求与忏悔，她原谅了他。毕竟，他们已经是有了儿子的夫妻了。

接下来的一段日子，丈夫晚上没活儿时，都早早回家做饭，做好了就到理发店来接她回家。有时她正忙着，他就在一边耐心地等待。

一晃，半年过去了，兰心以为丈夫已经完全恢复到以前的丈夫了。

一天上午，店里停电，她没办法干活，就关了门，一个人上街闲逛。兰心是一个很会过日子的女人，平时，她怕耽误店里的生意，从不上街闲逛。今天，她知道上午不可能来电了，就索性进了镇上最大的一家商场。

兰心一直逛到中午，什么也没买。她出了商场的门，准备回家做饭。没想到，她竟看到丈夫的车停在门口。同时，她还看到上次在饭店见过的漂亮女孩子正坐在丈夫的车上。丈夫没有发现她，还在和那个女孩子有说有笑，并在女孩的香腮上亲了一下。她头脑一阵晕眩，差点儿摔倒。

兰心的心都碎了。丈夫欺骗了她，他们并没有分手，只是晚上不再在一起而已。但白天，他们仍然有时间约会，这是她所无法约束的。

兰心回到店里，越想越伤心，越想越生气。兰心虽人到三十，但身条儿和肤色都和二十出头的姑娘差不多。平时，客人中不乏别有用心的，拿话挑逗她，甚至勾引她，都被她巧妙地避开了。她对丈夫始终非常专一，但换来的却是背叛。

一个人影进了店，兰心头也没抬地说，没电，你下午再来吧。

那人却坐了下来，笑呵呵地对她说，怎么了？不开心？

兰心这才抬起头来，发现是个熟客，开饭店的老于。

老于说，既然没电，那你守在这里也挣不到钱，还是跟我出去吃饭吧！

类似的邀请，老于有过好多次，兰心都拒绝了。但是今天，兰心却爽快地答应了。

就在这天中午，老于在自己饭店的包厢里很轻易地占有了兰心。

有了这一次，老于和兰心隔三差五地就约会一次，有时是在饭店，有时是在镇子外的庄稼地里，有时就在兰心家里。在老于这里，兰心寻找到了报复的快感和心理的平衡。

中秋节的前一天下午，丈夫说要出车去外地，明天下午才能回来。丈夫刚走，兰心就给老于打了电话。

晚上，老于如约而至。两人一番云雨后，都累得气喘吁吁，顾不得收拾，就赤裸裸地躺在一起休息。没想到，门锁一响，丈夫回来了。丈夫一进门就看到了一切，丈夫拿起了门后的一把斧头，疯了般向老于砍去！一斧！两斧……当他筋疲力尽地虚脱在地上时，老于已经成了一堆烂肉。

丈夫被判了死刑。行刑那天，悔恨交加的兰心回家看了看孩子，然后在自己的理发店里喝下了一百片安眠药。

# 搭 车 记

小时候，黎鸣最大的愿望就是当一名警察。每当在电影上看到警察说"我是警察"时，他觉得忒威风。

高考时，黎鸣第一志愿报了警校。他很幸运，被录取了。几年后，他终于实现了自己的夙愿，分到市公安局当了一名警察。

黎鸣家在二百里之外的农村，回家时，先从市长途汽车站坐车到县长途汽车站，然后再坐通乡镇的公共汽车，到镇上下了车，再步行三公里才到家。从市内到县里，车十分钟一趟，很方便，但从县里到镇上，就比较麻烦了，有时，两个小时也发不了一趟车。

黎鸣开始试着搭车，是在上班一年之后。这一天，他站在回家的路口，学着港台片上警察的样子，拦住一辆面包车，然后出示了"警官证"说，我是警察，想搭你的车。司机打量了一下他全身的警服，并没看他的证件，就痛快地说，上来吧。上车后，通过交谈，才知道司机是黎鸣家所在的镇街上的，在镇政府旁边开了一家饭馆，每隔几天开车去县城买一次菜。到了镇上后，司机主动说，你离家还远，我送你吧。从镇上到村里三公里的路程，步行需要半个小时，而坐车，五分钟就到家门口了，省了他以前的步行之苦。

第一次搭车，黎鸣觉出了搭车的好处，方便快捷，省时省力。自此，每次回家，他都在县城搭车，而且每次都能如愿。这更使他感觉到了当警察的优越性。

后来，黎鸣又从市内开始搭车了，从市里搭到县里，再从县里搭到镇上。运气好的时候，还能直接从市里搭到镇上。他搭的每一辆车，几乎无一例外地都把他送到家门口。

黎鸣对工作也很努力，几年后，被提拔为户政科副科长。

秋天的一个周六上午，黎鸣又站到了作为交通枢纽的路边上，想搭车回家。

一辆黑色的轿车缓缓驶过来，他招了招手，轿车在他面前停下了。车停下后，黎鸣才看清，这是一辆 2.8 排量的"奥迪 A6"，坐这种车的，不是大领导，就是大老板。他迟疑地放下了手，他以前从不搭这么高档的车。车窗玻璃缓缓下降，司机探出头问他，有事吗？

黎鸣说，我……想搭个车。这是他搭车以来第一次说得这么迟疑。

去哪里？

黎鸣说出了他所在的那个县那个镇的名称。

司机说，我这车去省城，不顺路。

好好！那你走吧！黎鸣竟然有了一种如释重负的感觉。

这时，从车内传出一个浑厚的男人的声音，上来吧，搭一段也行呀。

黎鸣一想，去省城虽然不顺路，但从最近的路段下车，离他所在的镇也只有十几公里了，应该能搭到车。就拉开车门上了车。

车的后排坐上，坐着一个五十多岁的男人，微胖，两个鬓角已经泛白。

男人主动问，小伙子，在哪工作呀？

黎鸣掏出警官证，递给男人说，我在市公安局，这是我的证件。

男人看了看他的证件，还给了他。

静了片刻，男人又问，小伙子，经常回家吗？

黎鸣说，每周都回。

经常搭车？

黎鸣点了点头。

那，你为什么不坐客车呢？

黎鸣说，要倒好几次车，不方便。

你每周都回家干什么？

看我的母亲。

你母亲一个人在家？

是的。

那为什么不接来一起住？

那得等分了房子，我现在还住着集体宿舍。

男人再也没有说话。

到了该停车的时候，男人说，别停了，还有时间，把他送回家。

黎鸣说，这怎么好意思？

男人说，这有什么？举手之劳。

一直到了黎鸣的家门口，黎鸣下了车，对男人说，真的谢谢您了！

男人幽默地说，这是应该的，你是为人民服务的，我是为你服务的。

很快，黎鸣就把这件事情忘掉了。

一天早上，刚上班，局长一个电话就把黎鸣召到办公室。

局长问，你是不是搭过省公安厅马厅长的车？

黎鸣愣了一下后，马上明白过来，感觉要大祸临头了。因为，根据纪律，非公务行为，是不允许利用职务之便随便搭车的。

一瞬间，他的汗就下来了。他胆怯地看着局长问，我……我是不是……给你惹麻烦了？

局长"哼"了一声说，瞧你这点儿胆，搭车时的胆儿哪去了？

他羞愧地低下了头。

局长忽然拍了拍他的肩膀说，好了，没什么事！马厅长是和我一起开会时顺便提起的，他向我表扬了你，说你孝顺，每周两天的休班时间不去泡女朋友，不去休闲娱乐，而跑到农村去看望你的老母亲，现在的年轻人，很少有这样的了……

黎鸣从此再也没有搭过车。

噩 梦

出了医院的大门，老梁的心情比阴沉沉的天空还要灰暗，他抬起头，感觉西天那透过云层的光晕，也弥漫着死亡的色调。

三天定生死。医院让他三天后来拿鉴定结果，如果确诊是癌，那么，他在这个世界上的时间将按天计算了。刚刚四十出头的他，事业上刚刚有了起色，却要被这个世界删除了，他忽然觉得心里特别不甘。

回到宾馆，老梁一头栽到床上，两眼呆呆地望着天花板，大脑一片空白……

不知过了多久，门铃响了。老梁拖着沉重的双腿，打开了房门。

门口站着一个漂亮的姑娘，而且，仅穿着短裤和胸罩。

我可以进来吗？姑娘笑得很甜。

老梁一把将她拉了进来。以前，老梁出差经常碰到这事儿，每次老梁都把人拒之门外。可这次老梁一下就想通了，反正没几天活头了，何必还苦着自己。

老梁脱光了衣服，还没上床，门铃又响了。

老梁过去，透过猫眼一看，是服务员，就将门打开了一条缝，问，有事吗？

门的两边忽然冒出了一男一女两个警察。

一切都已无法解释，男警察看了看屋内的两个裸体说，你们先把衣服穿上。

老梁匆忙把衣服穿上后，就打开窗户，顺着落水管向楼顶爬去。

那个小姐喊，你干什么？危险！

这一声喊，让老梁先为自己的逃跑行为吓了一跳，继而为自己敏捷的身手吃了一惊。他住的十二楼是顶层，仅三五下，他就爬上了楼顶。

警察从楼梯上追了上来。一男一女，成掎角之势，将老梁逼到了楼顶的一个角上。

老梁说，放我走，不然我就跳楼了！

那个男警察逼近了老梁说，你别自寻死路，这么点事，值得吗？

说着话，男警察忽然扑了上来，抓住了老梁的肩膀。老梁拼命一挣，男警察一个趔趄没有站稳，竟跌下楼去。

老梁一看出了人命，害怕了。他对女警察说，妹子，我……我不是故意的，我……我跟你走，你……你要……要给我作证，我不是故意的。

女警察说，你只要不跑，我会给你作证的。

老梁跟女警察下了楼，被一群人塞进了一辆警车里。

稀里糊涂的，老梁就被判了死刑。

行刑那天，老梁看到了自己的妻子和女儿，她们相拥着，远远地望着他，声嘶力竭地哭喊着，泪水流成了小溪。

老梁瘫软在地上哭了，呜呜地哭出声来，哭出了一肚子的悔与恨。

两个警察把他架起来，让他跪在地上。这是老梁在很多电影电视中看到的镜头，没想到今天竟然轮到了自己头上。

砰！一声枪响！

老梁跳了起来！

老梁跳起来一下就摔在了地上。

老梁醒了。老梁这才明白自己做了一个长长的噩梦，而脸上的泪，还在汹涌地流淌着。

老梁缓过一口气来，看了看手机，已经深夜零点了。

老梁倚在床头，回忆刚刚做过的噩梦。他把所有的细节都在脑子里过了一遍，结果越想越是后怕：幸亏是梦。

因为在现实生活中，如果他遇到梦中的这些情况，他也会像梦中这样做的。

老梁出了一身的冷汗。

这时，门叮咚响了两下，很悦耳。

老梁从猫眼里往外看了一眼，是一个仅穿内裤和胸罩的小姐，很漂亮。

老梁拉开门。

我可以进来吗？小姐笑得很甜。

老梁一脚踹了出去，还捎带了一句粗话：去你妈的！

顿时有两个警察从旁边走了过来，问，怎么回事？

老梁说，她深更半夜穿成这样来敲我的门，你说是怎么回事？

警察奇怪地看了他一眼，把小姐带走了。

三天后，老梁拿到了医院的鉴定结果，良性的。

出了医院，老梁长舒服了一口气，自言自语道，多亏了那个噩梦呀！

芳　邻

　　老郭原来是个农民，也是个不错的泥瓦匠，这几年在城里承包小工程挣了钱，就买了一套带车库的商品房，把老婆孩子都接到了城里，一家三口过上了城里人的生活。

　　乡下人过上城市生活，各种意想不到的好处让一家人欣喜不已。比如看电视，在农村时只能看五六个台，现在有五十多个频道，节目丰富多彩。再比如做饭，拧开煤气阀门，转动煤气灶开关，蓝蓝的火苗就冒了上来，方便极了。日子长了，各种好处和新奇都渐渐淡漠了，老郭却忽然觉得生活中少了点儿什么东西，心里有些空落落的。

　　在农村时，每天晚上，老郭都和街坊邻居凑在一起喝茶聊天，冬天围在谁家的炉火前，夏天就在天井里或大街上，大家说说笑笑，很是热闹，谁家有个过不去的坎儿，大家说笑着就帮衬着迈过去了。有时谁发现有个什么小生意可做，第二天一早，几个人就骑上摩托车搭伙出门了，傍晚回来时，腰里便多了几张大大小小的票子。而现在，他已经搬到这个楼上一年多了，还没有踏入过任何人的家门，住一个单元的邻居，在楼梯间遇上，有时点点头，有时互相视而不见。至于哪一家人姓什么，从事什么职业，更是不得而知了。

　　老郭决定组织本单元的邻居们搞个聚餐，是国庆节的早晨。他没有挨家挨户去敲门，而是跑到楼梯间门口，一家一户地挨着摁门铃，通上话，他就自我介绍：我是你的邻居，住二楼，过节了，想请大家吃个便饭，热闹热闹。起初，老郭的内心是有些忐忑的，怕请不到人。没想到，全楼道除他之外的九户，竟然全答应了，尽管有几户答应得有些勉强，但这也很不错了。

晚上五点半，老郭就将车从车库倒出来，载着一家人直奔预订的酒店——经济开发区富民餐馆。富民餐馆是个面对平民消费的中低档饭馆，很实惠。老郭订了最大的一个餐厅，摆了三张桌子：男人一桌，女人一桌，孩子们一桌。六点刚过，人们都陆陆续续地到了，让老郭想不到的是，来的人没有一个空手的，有提白酒的，有搬着啤酒的，还有拿着饮料的。老郭觉得心里热乎乎的。人基本都坐满了后，老郭开始清点人数，结果除住在五楼的一个单身女人外，其余都到齐了。大家都建议再等等她，等她来了再开席。在等的空隙里，老郭拿出了早准备好的纸和笔，让大家把家庭电话和手机号码都写下来，以后有个事也好联系。这一建议立即得到了大家的积极响应。住在一楼的女主人说，上次四楼的太阳能上满了水忘了关，水白白地流了一天，因为不知道他的电话号码，只能干着急。一个正练硬笔书法的教师自告奋勇，主动提出自己负责抄写十份联系电话，每户一份。

十份联系电话都写完后，已经七点了，五楼的邻居还没有来。老郭想，本来通知的是六点半开席，现在已经过去半个多小时了，总不能让这么多人等一个人吧。就宣布开席，边喝边等。

几杯酒下肚，大家很快就熟络起来。通过了解，大家竟然都是从农村出来的，有考大学出来的，有做生意出来的，有的家里还有地，转让给别人种着呢。这样一来，大家都觉得距离近了，也亲热了，酒喝得就很欢。喝了一阵，老郭一看表，已经快九点了，五楼的邻居还没有来。住一楼的老李说，别指望她了，这个时间不来，肯定来不了了。三楼的老张立即说，人家是在这儿生这儿长的城里人，也是我们单元唯一的一个城里人，当然不愿和我们这些头顶着高粱花子钻到城里来的乡下人为伍了。老郭想，城里人就是不厚道，早晨答应得好好的，却连个招呼也不打就不来了。他本是心里想的，却随口说了出来。大家纷纷附和，对呀对呀，城里人就是不如我们农村出来的人厚道，我们以后不和她玩。

男人喝，女人闹，孩子们疯，到大家尽兴而归时，已经快十一点了。

老郭将车开到车库门口，意外地发现，车库门竟然是开着的。他一下懵了：又忘了关车库门？

以前，老郭有好几次忘了关车库门，但都被老婆发现了，用备用遥控器关了。想起车库里放的一大宗烟酒，他一激灵，赶紧下了车，准备到车库里看看。刚下车，就听到背后有个女人说，回来了？玩得好不好？

　　他回头一看，树影下一个女人，正朝他走过来。他仔细一看，这不是住在五楼的邻居吗？

　　女人说，今晚让你们等急了吧？我正想打车走的时候，看见你的车库忘了关，我怎么也关不上，又不知道你的电话号码，只好在这儿帮你看着了。

　　老郭一听，恍然大悟又百感交集，激动之下，他想和对方握握手，又觉得不好意思，手伸到半截又缩了回来。女人却很大方地伸出了手，主动和他握了一下说，你查查东西少没少，我要上楼休息了。

　　老郭望着女人的背影，自言自语地说，城里人也是厚道的呀！

怀　疑

　　雷小华一直怀疑妻子米丽与她公司的老总西门峰有染。

　　雷小华的怀疑绝对不是空穴来风。西门峰拥有这么大的一家公司，却年近四十了一直未婚。妻子米丽十分漂亮，而且气质很好，这两人经常一块儿出入宾馆酒店，有时还一块儿出差，会没有问题？雷小华越分析疑心越重，越分析越觉得米丽和西门峰肯定有染。有时，他甚至觉得自己的儿子根本不像自己，而从某些方面更像西门峰。

　　这些想法常常令雷小华陷入痛苦的深渊。但怀疑归怀疑，雷小华没有真凭实据不敢兴风作浪。一则他已经下岗，不想让妻子失去收入这么丰厚的工作；二则他知道妻子的事业心很强，如果在她风头正健的时候强行让她离开这家公司，那她宁可选择离婚。

　　重要的是证据。雷小华开始跟踪西门峰和米丽。但跟踪了大约两个月的时间，雷小华一无所获。有些地方雷小华根本进不去。比如高档酒店的单间，他没有任何理由进去监视。再就是交通问题，往往是他看到西门峰和米丽刚从酒店出来，就赶紧招呼出租车，但等他坐上车，西门峰的那辆"宝马"早就不见了踪影，出租车追是追不上的。

　　没抓到证据，雷小华非但没有放弃怀疑，而且疑心更加重了。他开始偷偷检查妻子的内衣、包、日记等私用品，但仍然没有发现什么。他悲哀地想：米丽和西门峰太高明了，竟然没有一点儿蛛丝马迹，难道我就只能一辈子戴着这顶不明不白的绿帽子？

　　雷小华开始借酒浇愁，对儿子的态度也非常冷漠。通过他对儿子的多次审视，他已经基本认定儿子也是西门峰的了。

　　终于在一次酒后，他向妻子提出了他的怀疑。妻子耐心地解释了半天，但他根本听不进，反而变本加厉，不断到妻子的公司滋事，甚至有一天酒后将那辆他追踪过多次未果的"宝马"给砸了。西门峰没有追究他的任何责任，这使他更加认定这个男人和他的妻子有染，因为心虚才不敢追究他。于是，他向妻子提出，要作亲子鉴定。

结果出来了，孩子确实是雷小华和妻子生的。但雷小华认为，孩子不是西门峰的，并不能证明妻子和西门峰是清白的。在他不断地胡搅蛮缠下，两人终于走进了法院的大门。

半年后，雷小华和米丽终于离婚了。离婚后的第二个月，雷小华就从电视上看到一个消息，西门峰死了，因为胃癌。西门峰将数百万存款全部捐给了希望工程，因此名声大振，电视台做了一组以悼念他为主题的专题节目。通过这个节目，雷小华以前苦思不得其解的疑团全部迎刃而解了：他幼年因一次车祸而永远失去了做男人的权力，因此他终生未娶；五年前他做了胃癌切除手术，知道生命将不长久，就开始在公司物色、培养人才，以使自己去后能使公司继续经营下去……这个专题片的结尾，是公司新任总经理米丽的就职演讲，雷小华看着看着就放声大哭起来……

静 夜

男人边走边打着手机，男人的另一只手里拿着一对布做的小兔子，兔毛白白的，红红的眼睛在夜色里一闪一闪，很可爱。

……乖女儿，爸爸这就回家了，正在路上……哦，太晚了，没有打到车，只好作步行军了……爸爸给你买了礼物，哦，当然了，也有妈妈的，每人都有份……想吃东西呀，不行的，晚上吃多了不好，再说了，现在商店都关门了，明天补上行不行呀，明天中午，肯德基……听话宝贝，先睡吧，爸爸就回去……

一男一女，都穿着风衣，不紧不慢地跟在男人的后面，相距不过五六米远。

已是下半夜了，路灯早已经熄了，只有细碎的星光洒在林荫下的柏油路面上。

……非得吃吗？哦，你晚上没吃饭呀……以后晚上一定吃饭……好好，爸爸试一试，吃法式小面包……"好多鱼"也行呀……行行……我尽量给你买……宝贝，等一会儿爸爸……

男人挂了手机，转身进了一条胡同。

穿风衣的一男一女紧紧跟了上去。

男人对后面的两人毫无察觉，他来到胡同边一间商店的窗户下，轻轻地敲了敲窗户玻璃。敲了很多下之后，里面传出睡意蒙眬的声音，谁呀？

男人说，对不起，我刚从外地回来，想给孩子买点儿东西，您开一下门行吗？

你有病呀！都几点了还买东西！？屋里的声音贝数猛地高了起来。

男人说，实在对不起，特殊情况，您开一下门，我出双倍的价钱。

屋里沉静了下来。

男人在窗下等了一会儿，又轻轻敲了敲窗。

屋里马上传出呵斥声：再不走，报警了！

男人叹了口气，返身往回走，步子有些沉重。

在胡同口，那对穿风衣的男女堵住了他。

女人说，站住！

男人怔怔地停下了脚步，诧异地问，你们……干什么？

风衣男冷笑道，你说干什么？深更半夜的。

风衣男左手戴着一只白乎乎的手套，右手在风衣口袋里揣着，鼓鼓囊囊的。

男人开始缓慢地后退。

女人从风衣口袋里掏出了一样东西，递到男人面前说，这是我晚餐剩下的一个面包，你拿回去当作给你女儿的礼物吧。

两个男人同时愣了一下。

女人将东西塞到男人的手里说，快回去吧，你的女儿还等着你。

在男人迟疑地接过那只面包时，风衣男人逼近了男人，右手从风衣口袋里掏出了什么，女人奋力将他的手塞回口袋，带着哭腔对男人喊，还不走！

男人恍然醒悟，贴着墙，从纠缠着的两人身边穿过！

直到男人走得不见了身影，女人才放开了风衣男人的手。

风衣男人质问，你怎么了！

女人长长地出了一口气说，他的女儿在家等他。

风衣男人冷笑道，都杀了好几个人了，还想立地成佛？

女人说，我实在是无法下手，对一个这样的好男人。

风衣男人沉默了。

女人忽然扑到风衣男人怀里，肩头剧烈颤动起来。

女人说，咱回头吧，让我给你生一个女儿，让女儿给我们一个家。

男人叹道，即使回头，还能有家吗？

女人绝望地大哭起来，哭声在深夜的街道上四处飘零。

老　毕

　　一上班，我就给他请假，说是有人给我介绍了个对象，让我去相看一下。他一听，顿时敏感起来，急问："是哪个单位的？"我轻描淡写地说："也不是什么好单位的，在邮政局，听说她家老爷子是咱们市审计局的局长，下一届副市长的候选人。"他的瘦身子激烈地抖了抖，脸红脖子粗地站了起来说："你说什么？局长千金？能跟你？"我笑了笑说："咱说个实话吧，是局长的千金看中了我，主动托的红娘，这事成不成全等我一句话了。"说完这句话，我发现他仿佛被一棍子打懵了般，一动不动了，而两只黄眼珠子却在恶狠狠地盯着我，仿佛要变成两颗子弹呼啸而出击中我的心脏。我得意洋洋地冲他摆了摆手，悠然出了办公室。

　　他就是老毕。我们办公室的主任，他这人有个不好的毛病，最见不得别人有什么如意的事，别人一摊上什么好事他就心理不平衡，就生气。这一天我刚来了一百元稿费，他见了就坐在一边生闷气（他一直以为这种钱都是白捡的），给他说个话他也爱答不理的。我就乘高兴想写点东西，刚展好稿纸，他却冷不丁地窜过来，直盯着稿纸上的内容说："这是上班时间，可不准搞第二职业。"其实我平时上班时间闲着无事写稿子是很经常的事，他从来没有问过。他不高兴了才利用一下他小小的职权别扭别扭我。所以，我才编了一个"局长千金看中我的故事"刺激他。

　　谁要是根据以上的叙述，认为老毕是个坏人，那就错了。老毕这人从来不生害人的心，从来不在领导面前打别人的小报告，也从来不在别人面前说另一个人的坏话。他看到别人有什么好事生气，这是事实，但他看到别人有什么倒霉的事却很热心，这也是事实。不久之后我结婚了（当然新娘不是局长千金），结婚不久和老婆干仗被抓破了脸，他看了就很同情，主动放我的假，让我回去先处理家庭问题。而那几天的工作全由他替我干了。这使我很感动，甚至有点儿后悔以前曾经编造"局长千斤"一事刺激他。

老毕这人野心不大，有一次他和我在一起喝酒，喝得多了点，就对我推心置腹起来。他说："我这一辈子没别的盼头，干到老，能从这里混个副总就满足了。"我就端起酒杯对他说："那咱就再喝一杯吧，未来的毕副总。"老毕虽然快醉了，但仍然露出很幸福的表情，很痛快地将那杯酒干了。后来，有传言说将提他做副总了，那段时间他便像换了个人儿似的，整天不苟言笑，一副"准副总"的样子。私下里，他甚至对我许愿说，等他当了副总，就提我为主任，弄得我也着实地激动了十多分钟。不久之后，公司开会宣布了提拔一个副总的事，但提的不是老毕，而是老毕最瞧不起的老陈。

老毕三天没上班。

重新上班后，老毕又像换了个人儿。他迷上了古钱币收藏。那一段时间，他整天为此忙忙碌碌，买收藏夹、买资料书，办收藏证，很像那么回事。他抽屉里放的、衣兜里装的，全是"叮当"作响的古钱。他见了人的第一句话既不是"吃了吗"也不是"离了吗"，而是"你能给我搞点儿古钱吗"。他这样搞来搞去，很快就迷到了如醉如痴不可救药的地步，对办公室的工作也不再管了。

逢闲暇时，他就将他的那些破铜烂铁摆在桌子上，在灯下一枚枚地观赏，神情极为专注。有一次我笑他，他正色对我说："我现在做梦都梦见古钱，你要钻进去才知道，它可比当副总强多了。"

老姜之死

很多事情，往往发生于无意之间。

老姜本来是骑单车行走在非机动车道右侧的，就因为无意间一甩头，就发现了妻子雪静的侧影。妻子雪静是在公交车的窗前坐着的。此时正是下班的时间，而公交车行驶的方向正与老姜和雪静的家背道而驰。老姜立即就提高了警惕：她去干什么？

老姜四十岁丧偶，又娶了一个年仅二十五岁的未婚姑娘。这种搭配人们已经见怪不怪了。老姜是一个大机关的处长，手握实权；而雪静只是一个工厂的普通工人，家又在农村，优势互补，也算般配。但老姜也有心病，新婚之夜，该发生的却没有发生。老姜就追问，雪静却一直否认有过什么"故事"。问急了还吧嗒吧嗒掉眼泪。于是老姜只好作罢。心里却从此留下了一块病：雪静肯定有过情人，只是因某种原因未能有结果。但是，老姜曾多次对雪静进行过跟踪盯梢，甚至有几次谎称出差半夜突然杀回家门，也未发现任何蛛丝马迹。这一切不但没使老姜打消疑虑，他反而认定雪静道行深，行为隐秘，于是更加不安起来。

老姜掉转单车，顺着公交车行驶的方向猛追起来。他要追上这辆车，然后将雪静拉下来问个究竟。然而，单车毕竟不如公交车快，再加上正赶上下班时间，非机动车道上人流如织，老姜干着急也无法加快速度。好在公交车在前面的十字路口遇上了红灯，停了下来。老姜就从十字路口斜插过去，靠近了公交车，然后他冲公交车上雪静的侧影喊："雪静！雪静！"口气严厉得连他自己也吃了一惊。雪静却毫无反应。老姜强忍愤慨仔细一看，一股怒火和嫉火几乎将他烧得晕过去！一个英俊的青年男子正将手搭在雪静的肩头，将她轻轻揽在胸前。虽然老姜看不到雪静的整张脸，但从雪静的侧面上老姜就看出雪静正顺从而温柔地依偎在那男人的怀中。老姜支上单车正想上车，车却又开动了。老姜只好跨上单车，在机动车道上紧追不舍。这时，他腰上的传呼机嘹亮地鸣响起来。他也顾不得看了，任由它一遍又一遍地叫着。他心里只有一个念头，追上前面的那辆车，把雪静揪下来问个明白，还有，把那个男人臭揍一顿，然后再让公安局的一位老友想法子关他几天，让他尝尝厉害。然而，尽管老姜拼命蹬着车子，公交车还是离他越来越远，老姜感觉到自己的妻子也正在离他越来越远，直到和那个混账男人消失在这个世界里。这样一想，更加重了他的危机感，不行，必须追上，否则他们不一定干出什么事来呢！

恰好，前面又是一个十字路口。公交车好像是故意与老姜作对，连速度都没减就冲了过去。而当老姜满头大汗地赶到时，一阵铃响，红灯亮了。但这时老姜已顾不得自己主任的身份了，更顾不得什么交通规则了，他义无反顾地闯了过去——

"吱——"随着一声刺耳的刹车声，老姜整个人和他的那辆单车同时飞起了两米多高，然后重重地落在了坚硬的水泥路面上。

在同一时刻，老姜的妻子雪静在家里对老姜前妻留下来的儿子说："咱们先吃饭吧，你爸连传呼也不回，看来是回不来了。"

老姜死了。死时眼睛睁得大大的，整容师怎么也合不上他的眼。

在清点遗物时，有人在老姜的传呼机上发现了三个未及时读出来的信息，三个信息的内容都是一样的：是否回家吃饭？请往家回电话。雪静。

离 婚 记

米局长一回家就对老婆说，老婆，不好了，据内线提供的信息，龙腾公司的老总要出事了，他要出了事，弄不好就会牵扯到我。

老婆一听也慌了，这些年你违规给他办了这么多事，收了他这么多钱，查出来可就坏了。

米局长急得围着客厅直转圈。

老婆说，不行，咱主动点，把钱全交到纪检委，争取宽大处理？

米局长说，不行，现在毕竟还不到最后的关头，咱自己跳出来，这不是傻吗？再说了，那么多钱，以后还会有机会弄回来吗？

米局长又说，我倒有一个好办法，咱俩马上离婚，把财产全部转移给你，到时候我死不认账，他们也不会拿我怎么样，毕竟，我当了十几年的局长，和书记市长关系都不错，拿不到铁证，他们不敢轻易动我。

米局长说完这些话，发现老婆双眼直勾勾地盯着他看，他知道老婆在想什么，就拍了拍胸脯说，老婆，你放心，等风声过了，我一定会和你复婚的。

老婆还是直勾勾地盯着他看，看得米局长有些发毛了。

米局长诅咒发誓，风声过了，我一定和你复婚，如果我不和你复婚，叫我不得好死！

老婆这才点了点头。

于是，米局长起草了一份《离婚协议书》，两人都签了字。那笔天文数字的钱，本来就是存在老婆账户上的，根本就不用转移了，当然，也不能写在《离婚协议书》上。

第二天，两人到民政局办了离婚手续。

为了把戏演得逼真一些，当天，老婆就搬到米局长的另一套豪宅里去住了。根据《离婚协议书》，这套价值不菲的豪宅也过户到了老婆名下。

不到一个月，龙腾公司的老总果然被检察机关"请"了去。

谁都没有想到，老总当天晚上就在软禁他的十楼窗台上跳了下去。

米局长终于松了一口气，他知道，老总的纵身一跳，使很多人都松了一口气。

米局长赶紧给老婆打电话，老婆，我没事了，咱们复婚吧？

老婆问，复什么婚？

米局长说，我对你做过承诺的，等事情过去就复婚。

老婆说，可是，我并没有给你做过承诺呀？

米局长感觉事情有些不对，就问，你现在在哪里？

老婆却突然挂了机，再打，就没人接听了。

半小时后，满腹问号的米局长收到一封手机短信：

老米：

请原谅我的不辞而别，我已经在悉尼陪女儿好多天了，已经下定了决心，不回去了。

这些年，我感觉你离我越来越远了，你对钱的贪婪，对权术的玩弄，使我觉得你越来越陌生。尤其是你包"小蜜"的事儿败露后，我更是为你伤透了心，丢尽了脸。但是，为了女儿，为了我们的家庭，我一直隐忍着。那天我们办完离婚手续，我忽然感到一阵轻松，心情也没来由地好了起来。那时候我就想，如果我们这个离婚是真的，该多好……那套房子我也卖了，我现在花的都是卖房子的钱。以后，我要在这里找工作，自食其力。至于那些赃款，我已经捐给我们市的慈善总会了。你前面的事情我已经替你抹平了，以后的路该怎么走，那是你自己的事情了。

女儿也决定不回去了，不过，她还认你这个爸爸，答应每年回去看你……

看完短信，米局长跌坐在沙发上，呆了。

美丽的女教师

再有一个月就要中考了，何晓明却整日无精打采。何晓明的爸爸常年在外，妈妈在医院工作，经常值夜班。妈妈上夜班时，何晓明等阿姨（保姆）睡着后，就悄悄地溜到书房上网玩"梦幻西游"。由于晚上睡得少，白天精力不集中，他的功课开始滑坡了，本来就比较差的外语落得更远了。

上着课，何晓明满脑子里都是游戏里的刺激场面，老师讲的他一句也听不进去。回过神来的时候，他就盼望着下课，盼望着放学……课堂上的时间对他来说真是"度日如年"。沉迷在游戏中的他开始幻想：如果不上学，整天在家玩游戏多么好呀！玩个痛快淋漓……可是，他知道这是不可能的，如果他辍学，爸妈还是会把他送回来的，那多丢人哪！

星期一早晨，学校开大会，宣布开除了两名学生，那两名学生一个把女老师的后背上甩满了墨水，另一个用打火机把老师的辫子点着了，差点烧成秃子。由此，何晓明忽然受到了启发：对呀，让学校开除自己，那爸妈就没办法了，他们往回送学校也不要了。

对谁下手呢，何晓明费了一番脑筋。班主任李老师？不行，他脾气不好，惹恼了会打人的。想来想去，他觉得外语老师米珊珊最合适，一来是她脾气好，二来，她经常给何晓明的作业打红"×"号。

星期二上午就有两节外语课，何晓明把钢笔水灌得满满的，还准备了一只打火机。

上课了，米珊珊老师一边领读一边慢慢在课桌之间走动着。

当米老师从何晓明的身边走过时，他拧开笔帽，用力朝米老师的背上交叉着甩了两下！

米老师洁白的衬衣上顿时出现一个重重的"×"号！米老师的身子轻轻抖动了一下，停下了脚步。何晓明知道，该发生的事情就要发生了，他的心"咚咚"地跳了起来。旁边的几个同学都惊讶地看着何晓明。仅仅是一瞬间的工夫，米老师又照常往前走去，仍然是一边走一边领读。有几个同学窃窃私语起来……

米老师忽然大声说，上课不准说话！

教室里又恢复了正常。

米老师就穿着那件有一个"×"号的衬衣轻盈地行走在同学们之间。何晓明的眼睛始终盯在米老师的后背上，那交叉着的两行墨水，离他忽而远、忽而近，忽而模糊，忽而清晰，渐渐地，那个黑色的"×"号在他眼前虚化成了一只黑色的蝴蝶，翩翩起舞……

叮铃铃……下课了，那只黑色的蝴蝶不见了，眼前是鱼贯而出的同学们。

这个课间，何晓明坐在自己的位子上，一动都没动，他的内心在期待着、迎接着、煎熬着，焦急、不安而茫然。课间十分钟今天变得这么漫长……

然而，什么都没有发生，上课铃响过之后，米老师准时出现在讲台上，她换了一件红色的上衣，像一团火。

米老师让同学们朗读上节课所学的课文。在同学们抑扬顿挫的读书声中，米老师照例在课桌之间的过道上巡视。

何晓明双手把课本端在面前，目光却从课本的上侧溜出去，偷偷地观察米老师，希望从中发现点儿什么。可是，米老师像什么都没有发生过，自始至终没有看他一眼。何晓明泄气了，看来，上节课的事情白做了。

何晓明把眼睛盯在了米老师的短发上，米老师的短发是往后梳的，在脑后用一根橡皮筋很随意地扎了起来。当米老师在他身边走过时，他迅速地站了起来，把喷着蓝色火苗的打火机放在了米老师的辫梢上！

米老师的辫子被点着了！火苗子沿着辫梢儿向上爬去！何晓明下意识地伸出另一只手，一把将火打灭了！在最后的关头，他还是害怕了，担心真的伤到老师。

米老师回过了头，何晓明！你想干什么？

何晓明涨红着脸低下了头。

米老师没有再追问他，而是对几个朝这边探头探脑的同学说，看什么？继续学习！

何晓明在忐忑不安中熬到了下课，又熬到了放学。

同学们都走了，何晓明孤独地在校园里溜达着，等待着惩罚的降临。不知不觉间，他走到了教师办公室的窗外。

不行！一定得严肃处理何晓明！报到校委会，把他也开（除）了！

屋里传出班主任李老师的咆哮声。

接着，是米老师的声音，有些小，何晓明赶紧贴到了窗下。

……这件事还是我自己处理吧，别报校委会了。

要不是几个同学来告状，你连我也不告诉？长此下去，你还有没有当教师的尊严！还怎么管学生！

我个人尊严不碍什么大事，可一旦把何晓明开除了，会毁了他一辈子呀！

就这么算了？

我想周末做一次家访，和他家长沟通一下，共同拉这个孩子一把……

何晓明先是觉得心里一热，接着两眼一热，眼泪汹涌而下。

这个周末放学的时候，何晓明在校门口拦住了米老师，米老师，您什么时候去我家？

米老师颇感意外地看了他一眼，然后绽露出灿烂的笑容说，不去了。

何晓明一愣。

你这几天用行动告诉我，你已经不需要家访了。

何晓明对米老师深深地鞠了一躬。

一个月后，何晓明以优异的成绩考取了本市最好的重点中学。

# 爬行表演

吉生是一个从优越的环境中成长起来的青年。他的父亲是一家企业的头头，在吉生刚刚高中毕业时，父亲见他不是个读书的料子，就将他安排进他所负责的那家企业，进了科室。从此，吉生就过上了喝茶看报的清闲日子。后来，本厂的一位漂亮女孩主动与他处了对象，再后来他就和那女孩结了婚。

这都是以前的事情了，近来吉生的情况可就越来越不妙了。先是当头儿的父亲因病提前离休了，吉生在单位的情况也一落千丈。后来企业的效益直线滑坡，要裁员增效，像吉生这种什么特长也没有、可有可无的人，被首当其冲地裁了下来。父亲带着病去单位找过几趟，终因时过境迁，人走茶凉，也未能改变吉生下岗的命运。

吉生就这样成了一名闲人。他曾尝试找过很多工作，但因他一无特长二无文凭，都被拒之门外。对于他这种人生经历的人来说，干力气活儿是想都不能想的。

吉生就一日一日地在街上闲逛，家里的一切开支全凭妻子的那几百元工资。好在前些年日子好过时，有一定的积蓄，倒也衣食无忧。但不久之后，妻子也下了岗。这一下，吉生的心里就惶惶起来，老这么坐吃山空，是座金山也有吃光的时候啊。

这一日，吉生正在街上闲逛。见前面围着一群人，凑过去一看，原来是一个没有下肢的男人正在哭诉，他出了车祸，开车的却跑了，家里上有老下有小，没办法，才出来乞讨。周围的人便都掏出钱来放在他面前的一只破盆子里。吉生看见，有一个老板模样的竟放下了一张百元大钞。吉生忽然心里动了一下，有些蠢蠢欲动起来。

吉生想了三天三夜，终于下定了一个决心。他告别了父母妻儿，要到南方打工。

　　吉生来到一个陌生的城市。他先租了一间便宜的地下室住下。然后换上一身破烂的衣服，拿着一只破塑料盆，爬行着上了街。他爬行的动作很像军事上的匍匐前进，只用两只胳膊用力，两条腿却好像没有知觉那样拖着。第一天出动，他没有什么收获。他听到有人议论说，这个瘫子像是装的，两条腿还扭动呢。但吉生并没有泄气，为了装得逼真，他开始在租住的地下室里练习爬行。闭门苦练了一个星期之后，他满怀信心地爬上了大街。为了配合"工作"，他还编了一套悲惨身世，比旧社会"白毛女"的命还苦。这一次，他取得了圆满的成功，一天就化来数百元钱。为了使自己的爬行"技术"更加逼真，他"工作"了一天回到租住的地下室后，仍然坚持爬行着进行一切活动。反正屋里什么家具也没有，他睡在地铺上，根本也不需要站起来。渐渐地，周围的人都认识了他，为了不致"穿帮"，他出出进进的都坚持爬行。功夫不负有心人，他的爬行术越来越精湛了，连他自己都以为他的两条腿已经失去知觉了。

　　日出日落，吉生已经在这个城市待了五年了。五年中，他没有回过一次家，也没有往家打过一个电话，他要给已经不再显赫的家庭一个惊喜。现在，他觉得时机已经成熟了，他已经拥有了五十多万元的存款，可以衣锦还乡了。

　　但就在这时，吉生发现了一个严重的问题——无论他怎样努力，也站不起来了。

　　吉生不想爬着回家，就踏上了漫漫的求医之路。他"走"遍了全国几十个大城市，进了数百家医院，也未检查出得的什么病。直到有一天，他花尽了所有积蓄，才莫明其妙地站了起来。

　　现在，吉生已经回到了老家，整天在街头徜徉，还是一副无所事事的样子。

抛 车 记

最近一段时间，金点子广告创意公司经理陈米一直想把自己的车丢掉。

半年前，陈米买了一辆带空调的面包车，花了近六万。但这半年来，车价飞速下降，一般轿车也跌下了十万元的大关，正往七八万元这个价位上跌。陈米就想换一辆轿车坐坐，但他想买轿车，必须先将面包车处理掉。一是因为钱凑不够，二是他一个小公司也不想同时养两部车。但他的车虽然刚刚跑了一万公里，竟然连三万元也卖不上。想想吧，这是才开了半年的车呀，开了半年就赔三万，这让陈米在心理上怎么也无法接受。

后来，金点子广告创意公司的经理陈米先生就为自己想了个"金点子"：想办法把车丢掉，然后向保险公司索赔。陈米知道，才半年的新车，保险公司在赔偿时会全额赔付，那样自己就等于白开了半年便宜车，一分钱也没受损失。

打定主意后，陈米利用外出的任何机会，开始频频地将车停在无人看管的路旁、广场甚至郊外。为了使偷车的人不至于太费劲，每次他都不锁车门、不拔钥匙。

一个下午，陈米将车停在郊外的一个池塘边，然后步行去距离这里三里的另一个池塘钓鱼。等他天黑回到这里时，发现车不见了。陈米长长地出了一口气，心想：今天得好好地喝一杯，庆贺庆贺了。他走上公路，猛然发现对面开过来一辆面包车，一看车牌，竟然是自己刚刚丢失的那辆。他赶紧溜下公路，想抄小路逃走。但那辆车已经到了他的面前，一个农民模样的小伙子笑嘻嘻地从上面跳下来说，您吓坏了吧！我只是借用一下，到家里取点儿干粮，您的车真好开，比我家的拖拉机舒服多了。陈米沮丧地低下了头，无可奈何地将车开回了家。

第二天一早，陈米又将车停在了一个僻静的公路边上，然后打了辆出租车，直奔市中心而去。他来到一家大公司，和这里的主管谈了一笔业务，中午又请了顿酒席。吃完饭后他又到洗浴中心桑拿了一把。一直忙到傍晚，他才打车来到早晨停车的地方。远远地，他看到车已经不见了，不由微微一笑，他想：该报警了，然后就给保险公司打电话。他刚掏出手机，手机就响了，是妻子从家里打来的，妻子说，刚才交警队打来了电话，让你去提车。什么？陈米怀疑自己的耳朵出了问题。妻子在电话里没好气地说，人家说你的车阻碍了交通，给拖到交警队去了！陈米又傻了眼。

陈米经过几天的研究和观察，终于又瞅准了一个地方。那是城乡结合部的一个大集贸市场，管理比较混乱，出入口上总停着很多车，也丢过几辆。他将车停在一个容易开走的位置上，然后就躲在几十米外的一个树荫下乘凉。当然，他还得不时地观察他的车。等了大约两个小时的时间，有一个瘦男人鬼头鬼脑地出现在他的车旁。那男人左看看、右看看，又围着车转了一圈，然后拉开车门钻了进去。陈米的心激烈地跳动起来，他紧张地看着自己的车，盼望它被快点儿开走。没想到，那个瘦男人上了车，半天没有动静。由于车窗玻璃上贴着太阳膜，他看不到那个男人在干什么。陈米又耐心地等了一个多小时，见还没有动静，就决定过去看看，如果这人不是偷车的，就赶他走，以免耽误了他的大事。陈米走过去，拉开另一边的车门，见那个瘦男人正坐在方向盘前到处乱摸，脸上都急出了汗。一见陈米，那人尴尬地笑了笑，拉开架势想下车开溜。陈米不动声色地问，你不会开车？瘦男人愣了愣，小声说，会会，在家里开过拖拉机，只是不知道这玩意儿怎么启动。陈米说，你踩着离合器，一拧钥匙就行了。说完，他迅速地关上车门，转身向市场内走去。

陈米再从市场内出来时，车已经不见了。他乐得蹦了个高，车终于被他弄"丢"了。

在等待赔偿的日子里，陈米不断地光临各个轿车销售公司，几经比照，终于选好了一款"中华"轿车，准备赔款一到位就买回来。陈米觉得自己设计的这个"换车"计划太完美了。

陈米的车"丢失"半月后，又神奇地回到了他的身边。原因很简单：公安局将案子破了，把车追了回来，退还了他。陈米的车回来时已经面目全非了：前面撞了个大坑，后保险杠已经报废，两边的漆也掉了不少。陈米正为自己的失算而懊悔不已，刑警队的两名警察找上门来，因为他涉嫌协助盗窃犯作案，又有骗保的行为，所以得到刑警大队接受讯问。

陈米当即就晕了过去。

歧视的惩罚

我在建筑队的时候，最拿手的活儿是砌砖。

后来，我当了一个小头儿，承包了一个工地，俗称为"掌线"，官称为"工长"，管着百十个人。

这天，公司的朱副总来工地视察。老朱是八级瓦工出身，行内的砌砖高手，有过一天砌砖2000块的纪录。他在工地转了一圈后，我带他到办公室喝茶。后来，不知道什么原因，我们把话题说到了砌砖方面，互不服气，越说越僵，就换上工作服，爬上脚手架，各起一段墙比试起来。一个小时之后，我和老朱的汗都下来了，但各自砌的那面墙也完成了，工人们评价，不相上下。我们相视一笑，都觉得过瘾。这时已经是中午了，我留老朱吃饭。

出了工地，就有一家新开的"肥羊羊"自助火锅店，每人五十元，羊肉管够，啤酒和散白酒可随意喝。我昨天刚在这儿吃过，还不错。我和老朱都累了，就打算在这里"凑合"一顿。谁知，我们刚到门口，就被瘦猴般的老板挡住了，他呵斥我们：干什么的？

我一惊，不怒反笑了，能干什么？打酱油能到你这里来吗？

瘦老板说，不行，来我们这儿消费的，除了公务员就是白领，像你们这种一年吃不了几次馆子的民工，我们接待不起。

我这才发现，我和老朱都没有换衣服，都穿着建筑工的工作服呢！

我赶紧说，我们是搞管理的，只是忘了换衣服，我们不会像民工吃那么多的。

瘦老板把头摇得像拨浪鼓，不行不行，您二位还是别处请吧，要不让保安轰你了！

老朱身家数千万，到哪个大酒店也有漂亮的女经理高接远迎，哪受过这个气，脸都紫了。

我怕他发作起来不好收场，就拽着他离开了。我们到底还是回去换了衣服，然后他开车带我去了一家四星级酒店。

老朱是个有仇必报的家伙，喝着酒，他还是对刚才的事儿耿耿于怀。我也很气愤，表示要"教育"一下那个瘦猴般的老板。一瓶"古贝春"下肚，老朱的坏主意也出炉了。

按照我的安排，第二天一早，大家七点就上了班。

十一点，都下了脚手架，然后洗脸、换衣服。

十一点半，所有的弟兄们都进了"肥羊羊"火锅店。把所有的座位都坐满后，还有几个坐不下，就让服务员加了椅子。

瘦老板已经认不出西装革履的我了，见来了这么多人，小眼睛亮得像夜明珠。

大家开始风卷残云般大吃二喝。我的这些弟兄，都出自农村，真像瘦老板说的，一年也吃不了几回馆子，平时都吃五六个馒头，这下逮住了涮羊肉，都往狠里造。半个小时后，菜架子上的羊肉和柜台上的啤酒就都空了，餐厅内一片"上羊肉……""上啤酒……"的叫喊声。

这一顿吃下来，弟兄们平均每人吃了二斤羊肉，喝了六瓶啤酒。瘦老板的脸都绿了。

第二天、第三天照旧。

瘦老板看出事情不好，第四天，他开始采取措施，让保安在门口拦着。但是区区两个保安，哪里是百十号民工的对手。况且，有些民工，长得也是一表人才，西服一穿，谁也弄不清是干什么的。老板打了"110"，"110"五分钟就赶到了，一问，民工们很委屈，我们拿钱吃饭，触犯了哪门子王法呀？"110"把瘦老板凶了一顿：这警能随便报吗？再乱报，就算你扰警！

瘦老板的脸像霜打的茄子。

第五天一大早，瘦老板就来到了工地办公室，进门就点头哈腰，求我"高抬贵手"。

我说，我们可以收手，但是，我们工地的午餐费是每人五元，为了

"教育"你，我提高到了每人五十元，每天多出四千五百元，四天共一万八千元，这笔钱得你出！

瘦老板当即就蹦了：你……你这是敲诈！

我微笑着说，你可以报警，可以去法院告我，要不，我们继续去吃，要不，你就关门别干了。

瘦老板的小眼珠子转了几圈，终于泄了气，他小心地凑到我脸前问，能不能少要点儿？我做个小生意也不容易。

我说，我们当民工的就容易了，到处被人看不起，花钱吃饭都进不了门。

瘦老板哭了，我错了还不行吗？我再也不敢瞧不起民工了。

我冷冷地说，做错了事是要受到惩罚的，这就是对歧视的惩罚。

签　名

　　我和舌头的关系属于泛泛之交。舌头年近四十，是搞网络公司的，但爱好文学，在一个偶然的场合上认识之后，经常帮我主编的杂志拉点儿赞助。接触多了，他也就不拿我当外人，经常带他的朋友和我吃饭。当然，他的朋友几乎全是女朋友。

　　舌头的女朋友很多，但经常在一起玩的不外乎两三个。如果我没有正式的酒场，他叫我的时候，我一般都不会拒绝，欣赏着美女，喝着美酒，再有几个佳肴，我相信思维正常的人都不会拒绝。有时，吃完饭，还去歌厅唱一会儿歌，或者去泡脚，不折腾到半夜不算完。折腾够了，他就会带着女朋友回家过夜。舌头在这个城市有好几套房子，不同的女友会跟他回不同的家。舌头有一次喝多了告诉我，他之所以愿意和我在一起吃饭，有两个原因：一是和我在一起，觉得有档次；二是作为一个已婚男人，带女孩子出来吃饭，是有一定风险的，如果被不该看到的人看到了，他可以把人推给我，说是我的什么人就可以搪塞过去，如果碰到老婆查岗，我还可以为他证明。舌头说的话，我一般只信一半，这句话，我相信后面那一半。每次在酒店碰到熟人，他都是先介绍我，把我吹捧一番后，再介绍他的女朋友：这是邢老师的学生，我也刚刚认识。舌头每次说这句话的时候，我都觉得他特别厚颜无耻。这么多年过去了，我不知道他共硬塞给我多少这样的"学生"，我"被老师"了多少次。如果舌头带的女孩，是刚刚认识的，他多半在给我打电话约饭局时，让我带一本自己的书，签名送给那女孩。吃人家的嘴软，我只好从命。我出的一本自己比较满意的书叫《善良的回报》，出版社给了我一百本样书，我送了经常联系的文友大约四十本，其余的，全签名送给了舌头的女朋友。舌头的女朋友，给我印象最深的是章萌萌，她身材修长，皮肤姣好，而且举止得体，是舌头系列女朋友中比较出色的一个。章萌萌供职于一家私人模特学校，经常外出表演，所以，终身大事就不及时，从二十出头一晃就晃到了二十七八，这才给舌头这种人有了可乘之机。认识章萌萌那一天，我刚刚从网上书店买了二十本《善良的回报》，没办法，出版社给的样书都让舌头用完了。从新华书店买，一分钱的折都不打，三十元钱买一本书，连我都觉得贵。网上只要十二元钱，印得也挺好，拿不准是不是盗版。顺其自然地，我就在扉页上签下了：请章萌萌女士惠存。

我的另一个泛泛之交的朋友，叫光头。光头年纪比较大，有五十出头的样子。我们认识纯属萍水相逢。我有每天下午锻炼的习惯。每天下午四点之后，我都会在锦绣川公园，沿河散一会儿步，再做做俯卧撑、引体向上什么的。这个时间，公园里人很少，大多数人们，还是习惯早晨锻炼。光头就是为数不多的下午锻炼的人。我们经常碰面，起初是熟视无睹，后来见面点点头，笑笑。再后来，就有简单的对话："今天来得早呀。""今天天气真好。""走呀。"当然，这都是废话。时间长了，休息的时候，我们就有了交谈。光头在国企工作，担着一个比较肥的差事，这一点，从他的座驾"奔驰600"上可见一斑。光头很孤独，几年前丧妻。有一个女儿，去了加拿大就没再回来。他不太喜欢交际，所以，只有生意上的伙伴，而没有朋友。后来，他知道我是写小说的，对我有了一种刮目相看的态度。他曾经说过一段很让我佩服的话：一个人如果生活无忧，再有一个比较高雅的精神王国，就是最成功的。

舌头最近换女朋友比较频繁，他认识章萌萌以后，这个毛病已经收敛了不少，没想到又犯了。我这才发觉，章萌萌已经淡出了他的生活。我问过一次，他不耐烦地回答，嫁人了，别再提她。但那一天，他的话很少，很快就喝醉了。

春天了，公园里的垂柳发了嫩黄的细芽，不几天就绿成了一片。这一天天气非常好，有微风，空气里飘荡着淡淡的花香。这一次，我是在停车场碰到光头的。我完成了自己的项目，要开车离开的时候，光头刚好停车。他摇下玻璃，示意我停车。

光头下了车，随他下车的还有一个年轻的孕妇，看样子已经怀孕五六个月了。令我没想到的是，这个孕妇竟然是好久不见的章萌萌。有好一会儿，我没缓过神来，是光头拍了我一下，我才清醒的。光头说，这是我的妻子章萌萌。我礼节性地握了握章萌萌的手，感觉手很凉。光头把我介绍给章萌萌时，章萌萌像第一次见我时一样，轻轻地点点头说，邢老师好。

光头让我给他妻子拿一本书。我打开后备箱，发现只有一本书，就是曾经给过章萌萌的那本《善良的回报》。我正想关上后备箱，然后再推说没书了。但光头已经看到了，他拿起那本书对我说，你给签个名吧，萌萌比较崇拜作家。

我非常尴尬，但还是拿起笔，想想，签下：做了母亲的女人，是最美的——赠给准妈妈章萌萌。

章萌萌接过来看了一下，眼睛有些红，她忍了忍，有泪水从眼角溢出。

光头不好意思地笑了："你看她，激动成这样。"

我在想，舌头要是看到这一幕，会有何感想呢？

# 亲子鉴定

毕传星决定对自己的儿子做"亲子鉴定"，是在孩子生下来的第十二天。

孩子刚出生时，毕传星就觉得不对劲儿。毕传星是标准的美男子，妻子赵春蕾也是身材婀娜、明眸皓齿、肌肤如玉的大美女，为什么俩人生出来的孩子却这么丑呢？

当时，毕传星曾问过医院妇产科的医生，是不是她们把孩子抱错了？那位年轻的护士长带着迷人的微笑告诉他，孩子一生下来时，大多都非常丑，过几天就会漂亮了，到那时也能显现出和父母相似的模样。毕传星半信半疑，但当时也只能等等看了。

孩子长到第十二天，按当地风俗，毕传星在家里请客"过十二"，亲朋好友来了一大帮子。起初，客人们说话还有些节制，几杯酒下肚，嘴上少了把门的，就畅所欲言了。话题都是围绕孩子的相貌，都说孩子一点儿和父母相似的地方也没有。还有人提醒毕传星，现在医院里的人也挺"黑"，把孩子给换了也不新鲜。毕传星这才下定了决心：一定给孩子做 DNA 鉴定。

晚上，等收拾完残局，毕传星对妻子说了自己的想法。赵春蕾一听，怔了一下，迟缓地问，有这个必要吗？

毕传星有点儿生气，为妻子的态度。毕传星说，怎么没必要呢？这个孩子有可能不是我们自己生的，还有比这个更有必要的事情吗？

赵春蕾从后面抱住了他的脖子，撒娇似的说，人家还在卧床坐月子，你就领着孩子去做亲子鉴定，让别人怎么看我呀？等等再说吧！

毕传星心念一动：她怎么这么怕我去做亲子鉴定？

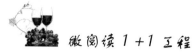

赵春蕾是毕传星千挑万选才相中的。毕传星三十岁就事业有成了，有了自己的公司和一笔可观的资产，一度成为女孩子追逐的对象。但毕传星非常挑剔，他不想让自己后悔，便想挑一个从身材上和相貌上绝无挑剔的女孩子做妻子。赵春蕾是毕传星公开招聘秘书时认识的，只一眼，毕传星就动心了：世上竟有这么完美的尤物？简直比韩国第一美女金喜善还要靓。毕传星不动声色地留下了她的电话号码，但并没有录用她当秘书，而是用一个月时间将她变成了自己的未婚妻。不久，两人就举行了西式婚礼。毕传星虽是初婚，但多年来在商海里拼打，女人是见识了不少，思想也较为前卫。新婚之夜，当他看到赵春蕾鲜艳的落红时，以为自己是在梦中。他虽然没有追问过妻子的过去，但以他对社会对女人的认识，像赵春蕾这稀有的美女，在认识他之前肯定会有不少的故事，更不会守身如玉。这种突如其来的惊喜，使他觉得一切都不真实起来。新婚之夜后，他总感觉赵春蕾的身上有一层神秘的轻纱，看不见，摸不着，但却隐隐约约感觉得到。

赵春蕾越是不同意做亲子鉴定，毕传星疑心越重，他总觉得这里面有什么秘密。

毕传星瞒着妻子，悄悄地从孩子身上取了血样，派自己的铁杆手下去省城做了"DNA"鉴定。

结果出来之后，毕传星大吃了一惊，孩子确实是他亲生的。但他仍不死心，又派人去北京的权威机构重新做了一次，结果证明孩子千真万确是他的亲生骨肉。

为什么我的孩子会这么丑呢？毕传星陷入到深深的痛苦之中。

孩子出满月的这天上午，赵春蕾的父母亲来接她们娘儿俩回老家小住。尽管毕传星不是第一次和自己的岳父岳母见面，但仍被他们两夫妻的奇丑弄得心里不舒服，他暗想：真是怪了，这么丑的两个人为什么会生出像赵春蕾这么标致的女儿呢？而像赵春蕾这标致的美人儿又怎么生出了这么丑的孩子呢？难道是隔代遗传？带着这些疑问，毕传星满腹心事地送走了妻子和儿子。

当天中午，毕传星心烦意乱地回到家中，刚脱了外衣，手机响了，一个陌生的声音焦急地说，您是毕先生吧？您的妻子出车祸了，请赶快到急救中心来！

毕传星以最快的速度赶到了市急救中心，见岳父母正在急救室外徘徊，孩子躺在走廊的连椅上，已经睡着了。毕传星简单地问了问情况，原来是他们坐的大客车在刚出城时被一辆大货车追尾，赵春蕾坐在最后排，所以受了重伤，现在正在实施抢救。

想到年轻漂亮的妻子受了重伤，毕传星心如刀绞，恨不得马上见到她，给她安慰和温存。但他知道，在妻子脱离危险前，医生是不会让他进急救室的，急得他围着急救室的门口团团乱转。

这时的时间对于毕传星来说，每一秒都度日如年。终于，急救室的门缓缓地打开了，一辆担架车被推了出来，毕传星赶紧扑了过去，但车子上躺的确是一张陌生的面孔，他焦急地问推车的护士，我妻子呢？

车上那张陌生的面孔忽然发出毕传星十分熟悉的声音，传星，我在这里。

毕传星大吃了一惊，什么？这个塌鼻梁、两颊干瘪、两目无光的丑陋女人竟是自己的妻子吗？

这时，一名中年医生从急救室走了出来，他拍了拍毕传星的肩膀说，请跟我来一下。

毕传星迷迷瞪瞪地随着医生来到一间办公室。那名医生随手将门关闭，然后声音缓慢地说，毕先生，您的太太已经脱离了生命危险，但由于她伤势过重，以前做的美容手术全部毁坏了，她的双腿是用不锈钢加长的，鼻梁是垫起来的，牙齿是假的，乳房是硅胶注射的……现在，这一切全完了，您得重新给她做美容手术了，我们已经尽了力……

毕传星在惊诧之余，终于明白了多日来一直笼罩着自己的谜团，一切的一切原因，都因为妻子赵春蕾骗了他，赵春蕾是一个原本奇丑无比的人造美女……

我要起诉！我要离婚……毕传星愤愤地念叨着走出了急救中心。

# 情人如梦

钱如水和情人梦茜在贵都大酒店开了房间。

一切都如往常。钱如水拉上落地窗帘，迫不及待地将梦茜揽入怀中，在她丰满、圆润的唇上轻吻了一下，然后再将嘴唇滑到她光洁的额头上，片刻之后，他将嘴唇下滑，沿着她的额头，依次吻向她的眼睛、鼻梁、两颊、下颚、脖子、前胸……一边吻着，一边将她的衣服扯了个干干净净。梦茜的呻吟声也由小而大，由缓而急。钱如水将她洁白光滑的身子抱起来，扔在了床上……

第二天，钱如水刚坐到自己的办公室里，秘书小田就手拿一个牛皮信封走进来说，钱总，这是门卫上转过来的，送东西的人说一定要交给您，由您亲自拆开。

什么东西？钱如水一头雾水地打开信封，见里面是一张光盘，就随手塞进了老板台上的笔记本电脑里。秘书小田知趣地退了出去。

随着光驱和光盘轻微的摩擦声，液晶显示器上显示出了光盘的内容。钱如水的头当时就大了。

光盘里是昨天他和情人梦茜做爱的"实况转播"。

钱如水点燃了一支烟，他在思考该如何应对这件事。电话铃响了，他拿起听筒，就听到里面一个怪声怪气的男人在讲话，很明显，对方是故意用假嗓子说话。钱如水一言不发，耐心地等对方讲完了，就轻轻挂了电话。

对方开出天价，要30万，否则，这张光盘的复制品就会飞到包括梦茜丈夫在内的很多人的手里。最后，对方还告诉他，在装光盘的牛皮信封反面有一个账号，他只需将钱打到这个账户上就可以了。

钱如水陷入了沉思：这究竟是谁呢？竟然有这么高的手段，把自己的行踪摸得一清二楚，而自己却一点儿也没有察觉。30 万对于他来说，虽然不是笔小数目，但拿出去还不算太心疼。关键的问题是，他想搞清楚这个人到底是谁，否则，以后自己时时处处生活在那个神秘人的监控之下，太不安全了。再说了，要是那个人拿了 30 万后再要 60 万怎么办呢？什么时候才能真正了断呢？他知道，凡是干这种事情的人，是不会讲信誉的。

手机响了，他一看号码，是梦茜，就接了起来。梦茜还没有说话就哭了，梦茜说，如水，坏了，今天早上我接到了一张光盘，咱们的事……还未等她说完，钱如水就打断了她说，别说了，我全知道了。

梦茜抽泣着说，你可一定得处理好这件事情，要是让我家那口子知道了，这事就大了，他那个二杆子脾气你是知道的。

钱如水心里一紧，梦茜的丈夫确实是个非常粗暴的家伙，曾经因为梦茜和她的男同事一块儿逛街，把那个倒霉的男同事打得在家里趴了半个月。如果他知道了自己和梦茜的事，后果真的不堪设想，梦茜的丈夫是个做事不考虑后果的家伙。

考虑了整整一个上午，钱如水还是选择了报警。这是钱如水的性格使然，他不想莫明其妙地被人牵着鼻子走。

不过，钱如水报警和普通人不一样，他既没有打"110"，也没有去公安局，而是将市公安局刑警大队的郝队长约到了"福临居"茶社里。

品着极品"铁观音"，钱如水将这两天发生的事情和盘托出，希望郝队长不要声张，悄悄地派人查一下对方提供的账号，从而揪出那个神秘的幕后人。因为钱如水是本市的纳税大户，又是商界名人，还曾经赞助过资金来改善刑警队的办公条件，所以，郝队长很爽快地答应了他。

公安机关一介入，事情就简单多了。当天下午，郝队长就给钱如水打来了电话，钱总，账号已经查出来了，是一个私人账号，现在犯罪嫌疑人已经被刑事拘留了。

压在钱如水心上的石头骤然被搬走了，他顿时轻松起来，他太想知道那个神秘的人是谁了，于是，他迫不及待地问，那个人是谁呀？是干什么的？

郝队长一声不响地收了线。

钱如水如坠雾谷：怎么回事？难道这还需要保密？不过，他眼下已经顾不上想这些了，他觉得最重要的事情是赶快把这个好消息告诉梦茜，好让她早一点儿放心。

钱如水先拨了梦茜的手机，系统提示说对方已经关机，他又拨了她办公室的电话。电话通了，是一个声音尖细的女声，一听说找梦茜，对方迟疑了一下，才小声说，梦茜出事了，刚刚让两个警察带走……

钱如水怅然地跌坐在老板椅上，良久，汗水缓慢地爬满了他那张胖胖的脸。

请你求求我

　　火根第二天就要去省城的大学里读书了。晚饭刚过，火根的家里便坐满了村里的乡亲。大家谈得正热闹，陈艳一推门进来了。人们顿时鸦雀无声了。

　　陈艳旁若无人地抓住火根的胳膊就往外拽。火根对大伙儿说，我去去就来！

　　来到村外的树林里，陈艳扑到了火根的怀里说，火根，还生我的气吗？

　　陈艳三年前就和火根谈恋爱，每到周末就骑自行车到县城里把火根接回来，星期天傍黑再送回去。火根很感动，就拼命地用功学习，想将来考上大学，把爹娘和陈艳都接到城里去，让他们都过上好日子。可是后来，他听村里好多人说，陈艳和村长经常混在一起，有时在村委会一待就是半夜。火根不信，可后来火根到玉米地里拔草，亲眼看到村长和陈艳赤身裸体地绞在一块儿……

　　火根说，陈艳，咱俩就算了吧，我不可能再和你在一起了。

　　陈艳跪在地上哭着说，火根，俺求你了，等他给俺哥批了宅基地，就不和他在一块儿了。

　　火根冷笑着说，你的身子就值一块宅基地？

　　火根说完就走。

　　陈艳"忽"地站起来，对着火根的背影说，火根，你早晚会后悔的，你早晚会求着我的！

　　第二天一早，下起了大雨。火根正愁没法去汽车站呢，乡政府的吉普车停在了门口。陈艳在车上招了招手说，火根，这车是村长帮我借到的，只要你说一句求我的话，我就让车直接送你去县城。火根背上行李，披了块麻袋片子就冲进了雨中。

四年后，火根大学毕业了。这四年中，火根只回过一趟家，每到假期都留在城里打工挣学费。火根回家的时候，听人说起过陈艳，她也去了省城，并且傍上了大款，每次回来都是轿车接送。

火根毕业后，就四处求职，却四处碰壁。现在的大学生太多了，想找个适合干的工作实在是不容易。

这一天，火根参加完一个大公司的招聘会，当场被告知录用名额已满，失魂落魄地走出了大门。他身上的钱已经快用完了，如果近两天找不到工作，他只有流落街头了。

忽然，一只大手拍上了火根的肩头。火根一看，是刚才负责招聘的那个李副总。李副总笑着说，你叫火根吧，我们董事长请你过去一下。

火根被人送到一个豪华的办公室。火根一进门，就被里面的装修和陈设弄得有些眼花缭乱的。这时，一个娇滴滴的声音传过来，火根，还认识我吗？

火根定睛一看，老板台后面坐着的，竟然是浓妆艳抹的陈艳。火根转身就往外走。

陈艳上来拦住他说，火根，你还是那个脾气呀！要知道，脾气可不能当饭吃哟！

火根平静地说，请你让开。

陈艳妩媚地笑了一下说，火根，只要你今天跪下来求我一次，你就是这个公司的总经理了，这间办公室，还有我这个人，就都是你的了。

火根仍然很平静地说，请你让开。

陈艳瞪大了眼睛说，火根，你别不识好歹，你打拼一辈子，也坐不上这个位置，为了这个位置，我忍辱负重，费了多少心血呀，今天你只要跪下来求我一次，就全是你的了！

火根冷笑了一下说，我承受不起。

陈艳恼火地说，火根，你可不要给我扮酷，过了这个村可就没了这个店了，为了今天，我可是什么都付出去了，你知道吗？那个男人是个变态狂，他整天让我……

别脏了我的耳朵！火根恼怒地打断了她，然后一把将她推开，大踏步地走了出去。

陈艳歇斯底里地尖叫了一声，追上来死死地拽住他的胳膊，跪在地上说，火根，我求求你，你别走，我请你求我一次好不好！我都等了四年了……

火根头也不回地站在原地，冷冷地问，你让我求你什么？除了钱，你有什么可求的？

陈艳遭了雷击般瘫在了地上，手无力地松开了。

李副总过来，拍了拍火根的肩膀说，小伙子，你走吧，咱后会有期。

时间又匆匆地过了半年，这半年中，火根找了很多临时性的工作，勉强能糊口。

当火根对省城失去了希望，准备去北京打工时，他接到了一个电话。

还是在那间豪华的办公室，不过，接待他的是李副总。陈艳早已经被公安机关带走了。一年前，她用掺了"灭鼠强"的啤酒毒死了自己的情夫，占有了情夫的大量财产，然后，她用这笔钱买下了本公司半数以上的股份，成了董事长。但不久，公安机关就破获了这起案子，她的那些股份都被收缴了。现在，李副总作为公司最大的股东，已经成为新的董事长。

李董事长握着火根的手说，现在我以公司董事会的名义，请你加盟我们的公司，任副总经理。

火根迟疑地说，可……可我没有管理经验呀！

李董事长笑了笑说，有些东西是可以学的，但有些东西，比如你与生俱来的正气和骨气，不是什么人都能学来的。

一句话让火根泪如雨下。

入 学 记

最近，郭玉宇有些烦。

临近开学，整天有人打电话找他，他关了机，仍有人拿着各级领导开的条子找到办公室来。他班也不敢上了，天天在家躲着。

郭玉宇是市实验小学的校长，虽然级别不高，但由于实验小学是全市硬件软件都最好的小学，教学质量和各种特色活动更是全市闻名。所以，很多家长千方百计都要把孩子送到实验。但学校的教室、教师都是有限的，本来五十多个人的班额，现在都超七十个了，仍然满足不了通过各种关系找上门来的。每到招生季节，郭玉宇都像贼一样东躲西藏。

好不容易挨到了开学这一天，郭玉宇这才松了一口气。根据惯例，只要开了学，学生家长们就都另行择校了。没想到，他刚进办公室，就闯进一个人来。来人姓吴，是一家房地产公司的老总，手里拿着市教育局马局长的条子。郭玉宇皱了皱眉头说，吴总，马局能给你开这个条子，说明你们关系不一般，可是，我真的安排不下了，不信，你去各班转一转看看，哪个班还能放下一张桌子和一只凳子，只要你有办法放下，我就把学生收下。这是郭玉宇推辞学生家长的拿手好戏，一般只要说了这句话，学生家长就会知难而退了。谁知，这个吴总竟对郭玉宇笑了笑说，那好，我这就去看看，给我儿子找个位子。

一直到下班，吴总也没回来，显然，他没能给自己的儿子找到位子。

郭玉宇在路边等出租车。正赶上交通高峰期，郭玉宇在路边站了足有十分钟也没打上车。他正想步行一段，就见一辆出租车打着右闪光灯从对面靠了过来。郭玉宇一喜，近了，心又凉了，车上的"空车"牌没翻，看来车上有人。正想离开，车窗玻璃摇了下来，司机冲他喊，郭校长，上车。郭玉宇一看，竟是老熟人大李。他上了车，问道，你车上没人，怎么不翻"空车"牌？大李说，老远就看见你了，担心翻了牌后被别人拦住。

郭玉宇坐大李的车坐了一年多了。他住的那个小区，比较偏僻，上班打车要步行走到主街道上才能打到。但自从坐了一次大李的车后，他每天早上从小区出来，几乎都能碰到大李，这节省了他不少的时间。大李人很实在，从郭玉宇住的小区到学校，本来是六元钱的车费，大李每次都坚持收五元，说是挂个常客。他还给郭玉宇留了手机号码，让他找不到车时就给他打电话。但郭玉宇从未打过，他觉得人家为了区区五元钱，再从别处赶过来太不划算了。

下午一上班，郭玉宇就接到了教育局马局长的电话。放下电话，他头疼起来。局长给他下了死命令，想什么办法也得把吴总的孩子安排下。正一筹莫展，教导主任进来了，给他带来一个好消息，一年级二班有一个学生家长已经成功移民澳大利亚，要给孩子办退学。这可真是雪中送炭，郭玉宇激动得差点儿跳起来。他让教导主任拿来一份入学通知书，按局长条子上的名字填好，正想打电话通知吴总来拿，转念一想，不能这么快就让那个吴总得逞，免得他得意，押他几天再说吧。

这天一早，郭玉宇去省城参加一个会议。因为要赶火车，他走出小区时，天还没亮。经过一个狭窄的胡同时，从暗影里走出三个人来。其中一个问，你是实验小学的郭校长吗？郭玉宇感觉不妙，惊问，你们要干什么？来人冷笑道，你得罪了人，有人要我们教训教训你！说着话，猛然把一条麻袋套在了他的头上，把他按在了地上。忽听有人大叫"快来人啊……抓歹徒了……"郭玉宇奋力将头上的麻袋拽下来，见一个强壮的身影正和三个歹徒厮打在一起。旁边停着一辆出租车，借着车灯的亮光，他看清那个强壮的身影竟是大李。他奋力冲了上去，边厮打着边大声呼救。那三个人见势不好，甩开两人，夺路而逃。大李捂着肚子，顺着墙根溜到了地上。郭玉宇凑近了一看，大李的手上全是血。大李大喘着粗气说，这儿……挨了一刀……就昏了过去。

在医院里，郭玉宇对已经脱离危险的大李说，那天多亏你了，不过，怎么会那么巧呢？大李的妻子说，郭校长，其实，这一年多了，他每天一大早就在那儿等你，看见你出了小区，就跟上去，别人招手他也不停下。郭玉宇非常吃惊地问，为什么？大李叹了口气说，郭校长，不瞒您说，我是想尽量多和您相处，和您熟起来……我……我儿子今年也要上小学……当官的我一个也不认识，我想……求您收下我的儿子。郭玉宇恍然大悟，怪不得，每天早上总能"碰"上他，原来，他每天都特意等在那里呀。看着大李身上浸着鲜血的绷带，他有些心酸地问，为了让孩子上我们学校，你耽误了这么多工夫，又少挣了这么多钱，值吗？大李含着眼泪说，郭校长，我是从偏远的农村来的，我们那儿的教育很落后，我这一辈子是完了，可我不想让孩子再输在起跑线上，我……我要让他和城里的孩子一样，上最好的学校……

这一天，郭玉宇上班的第一件事，就是把那张入学通知书的名字改了过来，改成了一个农民的孩子。

几天后，案子告破，吴总因雇凶伤人而被刑事拘留。

善良的回报

一切都发生在无意之间。

那一天，刘晓杰和司机驱车去乡下探望母亲。回来的路上，下起了瓢泼大雨。雨水很密，车子只能缓慢地在雨水中穿行。在一个拐弯的地方，刘晓杰看见前方十几米的地方，有一个瘦小的身影正扛着一辆自行车艰难地行走在泥泞的路上，他的另一只肩膀上，还背着一个帆布书包。看得出，这是一个十几岁的小学生，车子压在他的肩上，显得过于沉重了，他的步子走得歪歪斜斜，随时都有倒在泥水中的可能。刘晓杰的内心被一种痛深深地触动了。他对司机说，停车。

车子在孩子的面前停下时，那孩子看他们的目光有些惶恐，因为他怎么也无法预料接下来要发生的事情。司机打开后备箱，将沾满泥泞的自行车塞进了一多半，用盖子挤住。然后，就把他让到了车上。在整个过程中，孩子始终是被动的，因为他无法明白刘晓杰的动机。在送他回家的途中，他只是根据刘晓杰的询问回答了几句很简洁的话。这是一个胆怯的孩子。

刘晓杰看到孩子在雨水中行走的刹那间，想起了自己的过去。他是从农村山区拼搏出来的，在他上小学和中学的时候，曾无数次被大雨困在前不着村后不着店的路上。乡下的土路，一沾雨水，就非常泥泞，常常把自行车的挡泥圈塞满，起初，还可以用一个小棍子去捅，走走停停地向前行进。时间长了，路越来越泥泞，费半天劲捅一次挡泥圈，只走几步又塞满了，只能扛着车子走了。七八里路，他得走两个小时，累得腰酸腿痛，肩膀也常常磨出了血。回到家，衣服全部湿透了，分不清是汗水还是雨水。每次在雨中艰难跋涉的时候，他多么希望能有一辆牛车或是马车路过，把他的自行车搁到上边呵，但他的这个愿望始终没能实现。因为亲身经历过，他深切地感受到一个孩子在雨水中的泥泞路上挣扎时的孤苦和无望。

车子停在孩子的门口时，雨停了。孩子的父母正在大门口张望。孩子在一家人诧异的目光中从"广本"上走了下来。司机把他的自行车弄下来，调头要走。孩子的父亲突然拦住了车子，这个又矮又瘦的乡下汉子说，你们不能就这样走了！刘晓杰说，我们还有事情，就不打扰了。乡下汉子说，有事也要先讲清楚，你们把俺的孩子撞成什么样子了？刘晓杰知道他误会了，就笑着说，我们没有撞着你的孩子，刚才下雨，我担心把孩子淋坏了，就让他上了车。那汉子也笑了，笑得有些诡秘，他说，你当俺乡下人就好糊弄？你们没撞了俺孩子，哪会无缘无故地送俺孩子回家？俺孩子又不是乡长。刘晓杰有些烦了，但他还是很耐心地说，你问问你的孩子不就明白了吗？那汉子才转身问孩子，他们撞没撞到你？孩子摇了摇头。那汉子又鼓励孩子说，别害怕，这是在咱的家门口，没人敢欺负你！孩子还是摇了摇头。那汉子便有些急了，冲刘晓杰说，你们是不是吓唬俺孩子了，他不敢说。刘晓杰说，你这人怎么这么难缠？你看一看你的孩子不就明白了！那汉子就把孩子从头到脚摸了一遍，还解开他的上衣和裤子仔细地检查了一遍，确认没有受伤后，又记下了车号，才悻悻地说，你们先走吧，要是俺孩子有什么事情，俺会按着车号找你的。

出了村子，刘晓杰看了看仪表盘上的表，送这个孩子，整整耽误了半个小时的时间。司机说，刘总，这年头好人难做，以后这种事情还是少管。他没有说话，他觉得实在是无所谓的事情。

前面的路中央停了几辆车。他的车子也只好停了下来。下了车，他看到前面人声鼎沸，他回城的必经之路已经一片狼藉。经过询问，他才知道，由于连降大雨，半个多小时前，这段路一侧的山坡忽然下滑，把两公里多长的路给埋上了，有几辆路过的车也给埋在了里面。刘晓杰心中一凛，如果不是去送那个孩子，如果不是那个孩子父亲的纠缠，自己在山体滑坡的那个时间里正好行走在这段路的某一个点上，那自己此时肯定被活埋在泥石流的下面了。

他没有想到，自己一时的善良，竟然救了自己和司机两条命。

神　秤

在整个大市场的肉市里，无人不知道老刁的大名。老刁不但秤杆子玩得溜，而且有一杆与众不同的秤。那秤粗看细看都和一般秤没什么区别，把秤砣挂在"定盘星"上，秤杆贼平，怎么看怎么像一杆童叟无欺的公平秤。但一称起东西来，这杆秤就神啦。在这杆秤上足足的一斤肉，到别的秤上一称，整九两。一斤肉整差一两，十斤肉整差一斤，贼准。因有这杆秤，老刁就比同行们赚的钱都多。久而久之，人们都称老刁的秤为"神秤"。

有一些想多赚钱的屠户，多次想从老刁的嘴里探听"神秤"的秘密，想如法炮制。但老刁却守口如瓶。你问，他就笑，一言不发。问得紧了，他便带着几分自得的神色昂首阔步离你而去。

老刁对他的那杆神秤十分爱惜，卖完肉就用包肉的包裹好，放在盛刀子的篮子里。逢年过节，他还会将一挂鞭挂在秤钩上，"噼里啪啦"地响上一阵。

初春的一天上午，小北风"呼呼"地刮着，天阴沉沉的，很冷。市场上来卖肉的不多，因而才十点多的光景，老刁就快将肉卖完了。这时，一个穿杏黄色呢子大衣的女孩急匆匆地在老刁的案子上买了十斤肉，正好收了老刁的市。老刁哼着小曲喜滋滋地收了摊儿，然后回到了家中。

刚到家，天上已飘下了细细的雨丝。老刁想这真是吉人天相，我刚卖完肉这天就闹起来了。他让老婆给炒了俩菜，然后坐在沙发上自斟自饮起来。他美美地喝了几杯，心里又想起刚才卖给那个女孩的十斤肉，整整差了一斤，一斤就是五元钱哪。他得意地哼起了戏文：……我们是工农子弟兵……

"咚咚"的敲门声打断了老刁的戏文。他起身将门打开，就觉得脑袋"嗡"地一下子大了一圈子。门口站着一个湿淋淋的人，已冻得全身发抖，面色苍白。正是刚才买了他十斤肉的那个女孩子。

这一下老刁可毛了脚丫子，以前老刁经常遇到找后账的顾客，但那都是在市场上，能找到家里来的还尚属首例。

还是女孩先打破了僵局，女孩说您就是刚才在市场上卖肉的大爷吧。

老刁说，是、是、是呀，你、你有事吗？

女孩说其实也没什么事，刚才您忘了收钱，我急着走，也忘了给您，这不，我打听着您的家，给您送回来了。说着话，女孩用冻得发抖的手递过来几张人民币。

老刁忽然想起来了，他当时只顾算计多赚女孩多少钱了，确实忘了收钱。老刁就将笑堆满在脸上，接过钱来说，进屋暖和暖和吧。

女孩说不了，家里还有客人等着呢。说完女孩就踩着泥泞的路走了。

老刁盯着女孩单薄的身影在雨雪中渐渐消失，两行老泪不由自主地滴落下来。良久，他回到屋里，拿出了他那杆用了多年的、令人羡慕的"神秤"，"嚓"的一声折为两截！

生命的消失

厉求良看到那只狼的时候，他唯一幸存的伙伴陈小米正背对着狼坐在沙地上，从脱下来的旅游鞋里往外箥沙子。

此刻正是黄昏，整个巴丹吉林沙漠静如处子。金黄色的夕阳柔和地洒在金黄色的沙漠里，使空气和光线都格外地浓重和华丽。

厉求良下意识地抓起了身边的拐杖，那是一根胳膊粗的胡杨木，沉重如铁，坚硬如铁。狼充满戒备地看了他一眼，又看了他一眼，慢慢地向陈小米逼近了。狼快接近陈小米的时候，恰好遮住了西照的阳光，狼在厉求良的眼里就成了一个通体发光的轮廓，像一个图腾。厉求良心念一动，放下了拐杖，他一边缓慢地往后挪动着身子，一边从挎包里取出了照相机，安上长长的镜头，对准了狼和陈小米。

厉求良是一个小有名气的摄影家，但他的名气仅限于在他工作和生活的那个城市里，出了那个城市，就没人知道他了。他已经年近五十了，还没有拍出过一幅让自己满意的作品，没有在正规的全国摄影作品比赛中拿过一次奖，这让他十分苦恼。他把作品的平庸归罪于自己平庸的日常生活，正是基于此，当他在省报上看到一家旅游公司组团去巴丹吉林大沙漠进行探险旅游时，就不假思索地报了名。他想，大漠旖旎的自然风光一定会给自己带来素材和灵感。但是，当他一路舟车劳顿深入到大沙漠中时，他感到了失望。他所看到的，全是在一些旅游挂图和图片库中经常看到的景色，毫无出奇之处。更糟糕的是，当他正准备无功而返时，却遭遇到了铺天盖地的沙漠风暴。风暴过后，他艰难地从沙子中爬出来，发现全团十几个人，只剩下他和一个叫陈小米的年轻人了。其他的人，连一丝头发也不见了。

他和陈小米在沙漠里已经跋涉三天了。三天来，他们已经熟悉得像多年的老友。陈小米刚刚三十出头，却是一个成功人士了，他的公司同时在供给着十个贫困大学生的学费和生活费，在当地也是很有名气的。

这已经是风暴过后的第三天傍晚了，他们身上的水也喝完了，如果明天再走不出去，那就只有葬身于大漠了。

陈小米已经抬起了头，看到厉求良正用镜头对着他，就笑了，露出了一口洁白的牙齿。

厉求良的手剧烈抖动起来。

陈小米好像感觉到了来自背后的危险，他将头扭向背后。

一刹那间，狼准确地衔住了陈小米的咽喉……

厉求良按动了快门，嚓、嚓、嚓……

整个过程，厉求良拍了二十多张，直到把相机里的胶卷全部用完。

狼走了，留下了陈小米残缺不全的躯体，和呆若木鸡的摄影家厉求良。

第二天，厉求良遇到了另外一只探险队，他获救了。

在这一年的全国摄影作品评选中，一组题为"生命的消失"的作品获得了自然类一等奖，但是，获奖者迟迟没有露面。后经与其单位联系，才得到一个令人震惊的消息：获奖者厉求良在接到获奖通知的第二天就失踪了，他留在自己的办公桌上一张纸条，上面只有两句话：沙漠圆了我的梦想，我要在那里长眠。

失　衡

　　刚刚下过一场大雨，山里的空气格外清新。几只鸟儿在空中盘旋，不时发出清脆悦耳的鸣叫。一丛丛的山花经过雨水的冲洗，显得更加艳丽。

　　一群游人呼吸着新鲜的空气，在导游的带领下，要从悬空的吊桥上渡过一条十几米宽的山谷，到山谷对面的景点上去。山谷很深，谷底是浑浊的激流。人们有些担心，都谨慎万分地走上了摇摇晃晃的吊桥，还好，在吊桥的上方，有一条拇指粗的钢丝绳，可供人们抓扶。人们陆续走上吊桥之后，有一个七八岁的男孩子，却怕得直抖，说什么也不肯上桥。他的父母停下来鼓励、劝说了一番也无济于事。眼见人们都过了桥，再不跟上去就要掉队了。孩子的父母将小男孩舍下，双双上了桥。这是大人用来对付孩子的惯常做法，一般来说，大人走得远了，孩子就会主动跟上来。但是，这一次，这个办法不灵了，这对年轻的父母已经走到山谷对面了，孩子还是站在原地，低着头摆弄着一部数码游戏机。孩子的父亲说，看来，我得把他抱过来了，他一向胆小。话音刚落，一阵奇怪的声音响彻了整个山谷！

　　孩子背后的山体在缓慢地滑落，一些零星的石块蹦跳着落入了山谷！

　　是泥石流！

　　快跑！孩子！快过来！

　　不仅是孩子的父母，所有的人都大叫起来！

　　孩子起初不明白发生了什么事情，还呆呆地站在吊桥边上，在人们的惊呼下，他回头看了一眼，当即明白了自己所面临的危险，但他仍然没有往吊桥上跑，而是转身顺着山谷边的山路往远处跑去！

孩子刚刚逃离险境，吊桥附近的山体忽然液化了般流动起来，浑浊的泥水夹带着石块、树枝、杂草扑向山谷，发出了巨大的声响，谷下的水也被高高溅起，一时间浊浪滔天，惊心动魄！

这是一个小范围小规模的山体滑坡，罪魁祸首当然是之前的那场大雨。泥石流只持续了十几分钟，就逐渐平息下来。孩子跌坐在不远处的湿地上，已经吓得呆了。

这场小小的泥石流虽未造成人员伤亡，但却把连接山谷两岸的吊桥给毁了，只剩下那根供人们抓扶的钢丝绳还悬在那里，随着山风轻轻摇晃着。

人们在惊恐中清醒过来后，纷纷庆幸，如果再晚过来一会儿，就有被泥石流冲入谷底的可能，真是太悬了。

接下来，人们面临着必须解决的难题：怎么把孩子从对面弄过来？一会儿天黑了，一个小孩子单独留在那边，会有很多无法预知的危险。

人们面面相觑，都露出了无奈的表情。山谷虽然只有十几米宽，没有了桥，却是任何人无法逾越的。孩子的母亲终于控制不住，低声哭了起来。那个父亲，也紧皱眉头，唉声叹气，连连说真后悔参加了这次旅行。

这时，一个二十岁出头的小伙子站了出来，他说，别着急，我能把他抱过来。

人们都把目光转向了他。有人认出，他是他们居住的那个城市杂技团的演员，擅长走钢丝。他试探着用手拽了拽那根供游人抓扶的钢丝绳，然后一纵身，灵巧地站在了钢丝绳上。

有人说，行吗？小伙子。

小伙子笑了笑说，没问题，我平时表演用的那根钢丝绳，比这根可细多了。

果然，小伙子如履平地般在钢丝绳上行走，在人们提心吊胆的关注下轻松地跨过了峡谷。

但那孩子却不领情，说什么也不肯让小伙子抱他。小伙子将他扛在肩上，他还不停地蹬着双腿。小伙子吓唬他说，你再不老实，我就把你扔到山谷下面去！

孩子终于安静了下来。

这次，小伙子走得十分小心，步子明显比上次迈得要小，动作也慢了许多。

众人都屏住呼吸，紧张地注视着他和肩上的孩子。

小伙子走了几步后，适应了肩上的负担，步子开始快了起来，身子也轻盈了许多。很快，小伙子就过了中间部位，接近谷边了。这时，小伙子做了个谁都预料不到的危险动作，他把肩上的孩子抱到胸前，然后向前高高抛起，在众人的惊叫声中，他一个健步追了上去，然后接住孩子，又一个飞跃跳到了谷边，纵身跳下了钢丝绳！

众人齐声叫好，同时响起一片热烈的掌声！

孩子的父母正对小伙子表达谢意，那孩子忽然哭了，我的游戏机还在那边哩。

人们往对面的谷边一看，孩子刚才跌坐的地方，有一个金属物体在闪闪发光。

孩子的父亲说，不要了，回去再买个新的。

众人也纷纷附和说，是呀，为这么个小玩意儿冒险，太不值了。

那小伙子笑了笑说，没什么，我从七岁练功，都走了十五年钢丝了，要是有保险绳，翻着跟头过都没问题。

小伙子说着，一纵身，上了钢丝绳。

那孩子的母亲说，人家救了咱的孩子，又冒这么大风险去拿个玩具，咱可得好好谢谢他！

孩子的父亲有些激动和感动，立即说，我新开发的楼盘还闲着几套房子，送他一套也无所谓。

这时，小伙子已经走到了山谷的正中，显然，他听到了孩子父母的对话，略微停了一下，回头问，真的？

孩子的父亲说，不就几十万块钱吗？比起我们的孩子，这算什么！

小伙子转过了头，继续往前走，这次他走得很保守，很谨慎，但忽然，他一个趔趄，大叫着跌下了山谷！

私　了

石头娘让蝎子给打了。

蝎子是村里最著名的大孬种，平日里在街上走路总是横着膀子，瞅谁不对劲抬腿就是一脚，连支书也不敢零碎惹他。

石头娘本来不敢惹蝎子的，石头娘见了蝎子头也不敢抬，唯恐碰上他那恶狠狠的目光。

事情出在一只羊的身上。石头娘喂了一只羊，因为是一只羊不值当牵着去放，石头娘每天就把它拴在屋后的水沟沿上，让它自个吃草，反刍，晒太阳。这只羊与世无争地吃了一年草，晒了一年的太阳，居然修炼出了道行，把铁链子挣断了。羊一旦没了束缚，便沟上沟下地撒起欢来。后来这只羊跑累了，停下来喘息。它停下来的地方是蝎子的韭菜地，它见韭菜绿汪汪挺可爱的，就顺便啃了几口。可能是韭菜太辣的缘故，羊啃了几口后就不啃了，并决定走出韭菜地去吃草。这时蝎子恰好来地里割韭菜，一见羊在他的韭菜地里，顿时火冒三丈。他弯腰拣起一块硬坷垃，恶狠狠地朝羊砸了过去。羊极其灵巧地一闪，硬坷垃砸在了韭菜地里，至少有二十多根韭菜给砸趴下了。羊见势不妙，掉头就往家跑。蝎子一边怒骂着，一边追过来。

石头娘在院内的压水机旁洗床单，听见有人骂羊，就扎煞着两只湿手跑了出来。一出大门，正好看见自己喂的那只羊冲过来，擦着她的腿跑进了院子。随后，蝎子张牙舞爪地也窜了过来。石头娘隐隐约约地明白了出了什么事，预感到大祸临头了。

蝎子气势汹汹地欲闯进大门惩罚那只胆大妄为的羊。出于本能，石头娘下意识地叉开双腿，双臂一伸拦住了他，同时还极其微弱地喊了一

声"站住"。

蝎子愣了愣，他没有想到石头娘居然敢拦他。石头娘喂的羊啃了他的韭菜，石头娘居然还敢庇护那只罪魁祸首的羊。

蝎子就习惯地甩出了那只打人的手，石头娘的左颊上顿时多了五道鲜红的指印。她还没叫出声来，小腹上又挨了狠狠的一脚，整个身子仰面朝天跌在了地上。蝎子又在石头娘的腰上踹了两脚，拍拍手走了。

石头娘支撑起上身，呆呆地坐在地上，直到蝎子走出了她门前的这条胡同，她才像忽然明白了什么似的号啕大哭起来。

哭嚎了一阵，引来了一大帮子街坊邻居，石头娘就一遍又一遍地哭诉自己的不幸遭遇，鼻涕眼泪地把她上身穿的那件小碎花褂子的前襟都湿透了。几个老女人一边劝解她，一边将她弄到了家里，围在她身边没完没了地说一些宽慰的话。

下半晌，石头爹和石头从地里回来了，石头娘又把自己挨打的事哭诉了一番。石头娘说疼不疼还不要紧，要紧的是这人咱丢不起。俺一个妇道人家脸皮不值钱，你爷儿俩可都是大男人，以后还想在村里抬头吗？石头爹听完，一声不吭地拿起筛子就给牛筛草去了。石头娘对石头垂泪道，石头呀，你爹窝囊松蛋了大半辈子，娘这口气就指望你出了。身材瘦小的石头晃了晃自己细如麻秆的胳膊，苦着脸摇了摇头。石头娘就绝望地嚎哭起来。石头一时手足无措，一着急，眼前竟忽地一亮。石头就喊，娘，俺给你出气。石头娘止住悲声，盯着石头问，你能打得过蝎子？石头一笑说，我的同学刚当了咱镇上派出所的所长。

石头推着自行车刚出大门，就碰上了本村卖豆腐的结巴。结巴问，你你你干干什么去？石头说，俺俺俺去镇派出所，俺俺俺去找俺那当所长的同学。

石头说着就骑上了车子。到村口，遇见了蝎子的二大爷，蝎子的二大爷问，你干什么去？石头说俺去镇派出所，找俺那当所长的同学。蝎子的二大爷就冲着石头的背影好一阵发愣。

村子离镇上很近，一顿饭的工夫石头就回来了。石头一进门就兴奋地大喊，娘，俺同学来了，开着警车去抓蝎子了。石头娘从床上忽地坐起来问，真去抓了？石头狠狠点了几下头说真去抓了。俺同学说现在正搞严打，对蝎子这样的村霸就得狠狠治一治。石头娘听完，呆了半晌，叹了口气，没说什么，又躺下了。

门外忽然响了两声喇叭，石头正想迎出去，却见那同学所长正全副武装走进院来，后面还跟着一个警察。石头问，抓了吗？同学将手里的烟屁股狠狠扔了说，妈的，他竟然提前得了讯跑了。石头一怔，脑子里忽然映现出结巴和蝎子的二大爷，心里悔得不行。

见天色已晚，石头就留同学和那个警察吃饭。同学不客气地应允了。石头去村里的副食店里买来了两荤四素六样小菜，两瓶酒，爷儿俩陪着两个警察喝起来。石头娘一个人呆着无趣，就进了里屋。

一边喝着酒，石头一边和同学叙旧，说的全是在学校读书时的人和事。另一个警察和石头爹插不上嘴，就呆坐着。石头爹觉得挺尴尬，就一股劲地举杯给那个警察，喝酒喝酒，他们说他们的，咱喝咱的。一杯酒下去，又没有词了。只好再拿起筷子让菜，吃菜吃菜。石头和同学拉得兴起，竟将酒杯放到一边，用茶碗喝起来。

门口传来几下很小心的敲门声。石头过去将门拉开，见是蝎子娘，就打了个愣神。蝎子娘慌慌张张地往屋里瞧一眼问，你娘呢？石头这才发现蝎子娘还提着一篮子鸡蛋，就拉开门放她进来说，俺娘在屋里呢。蝎子娘低着头，不敢看桌前的警察，溜着墙根进了里屋。

石头娘见是蝎子娘，就坐在床头上一动未动。蝎子娘说，他嫂子，俺替你大兄弟给你赔罪来了，说着将一篮子鸡蛋放在了床边上。

石头娘一声未吭。蝎子娘又说，本来想叫你大兄弟自个给你磕头呢，见你门上停着公安局的车，就没敢。

石头娘把头扭向了墙壁，蝎子娘就将笑堆满在一张麻脸上，推了她一把说，他嫂子，俗话说不看僧面看佛面，看在我这老不死的这张老脸上，你也得说个话吧。抻了一会儿，见石头娘脸色有些缓和，就又说，其实，蝎子这孩子人倒不孬，就是有个驴脾气。事儿一过，他后悔得直想撞墙，你这当嫂子的就饶了他这一回吧，谁叫你是他嫂子哩。小叔嫂子，乱打吵子，一家人的事，用得着公家出面吗？

石头娘一想，蝎子娘说得也在理，庄里庄乡的，真把他怎么样了就落下一辈子的仇。心下一放松，又想起去年过麦打场时，蝎子还给她家打过场，干了半天活饭也没吃就走了。想到这里石头娘就冲外间喊石头，石头应了一声进来了。

一会儿，石头回到外屋，不好意思地对同学说，你看能不能……私了，不抓那个人了？同学反问，你不出气了？石头说那人的娘来给俺娘长脸哩，咱面子上过得去就行了。同学冷笑一声问，那以后呢？以后你不还得受他的气？见石头低头不语，同学叹了口气说，好，就依你，不抓了。

石头将同学送到大门外，同学临上车时忽然踹了石头一脚说，下次别再找我！石头不明白同学的话是什么意思，正想拉开车门问问，车已发动起来，并拉响了刺耳的警笛，向镇子的方向驶去。

送你一缕阳光

　　那是一九八五年隆冬的一个凄冷的日子。我在凛冽的北风中徘徊在县城的新华书店门口。那一天没有太阳，天阴阴的，正如我那时的心情。

　　我终于咬着牙迈进了书店。其实我蓄谋已久，我看好了柜台里的一本书，就是那本著名的《钢铁是怎样炼成的》。放那本书的玻璃柜台正好碎下了一个角，而那个角正好在外面，恰容一只手伸进去。几天前，我在看到那个缺孔的一刹那间已经打定了某种主意，只是控制着，不肯付诸行动。当我乘店里人多，终于将一只颤抖的手伸进去的时候，尽管在心里反复念叨着"偷书不为窃也"的那句歪理名言，仍有一种犯罪感深深地浸透了我。幸好，没人发现，我将那本书快速地抽出来揣在了怀里，心狂跳不止。我见周围并没有人注意我，就装作若无其事的样子慢慢逃离了现场。

　　出了书店的门，一种大功告成的成就感使我几乎跳起来。但就在这时，一只大手不轻不重地拍上了我的肩头，刹那间，一种天要塌下来的感觉使我心如死灰。我跟那个人来到了一间办公室里。那是个三十多岁的男人，有些胖，戴着一副宽边眼镜，脸很白，头发乌黑且一丝不乱。"我……我很喜欢这本书，家……家里没……没……"我把那本书放在面前的写字台上，语无伦次地解释着。但后来我才发现那个人自始至终一句话也没有说，只是对我微笑着，是那种宽厚的微笑。等我不再解释了，他才对我说，这本书要放回去的，你自己再去买一本吧。说完，他递给我一张两元面值的人民币。我没有接，自小倔犟的我感到自尊心受到了莫大的伤害。我呆了一呆，忽然转身跑了出去。

　　顶着寒风，我在阴暗的路上匆匆走着，心里十分沮丧和惭愧。离书店很远了，忽然有一个骑自行车的人超过我后在我面前停了下来。我一看，正是抓我的那个人，心里一阵慌乱。那人支好自行车，将一本书递过来说，拿上吧，我已经为你付了钱。一时间，我不知所措，也不敢去接那本梦寐以求的书。那人将那本书拍到我的手心里，并顺势摸了摸我的头。我抬头看他，见他仍然微笑着，用充满宽容的目光看着我，乌黑的头发已经被风吹乱。一瞬间，我感到一股暖融融的东西从心底升腾起来，并在他的目光里感受到了一缕灿烂的阳光。我没有再犹豫，将那本书紧紧地抱在了胸前。那一年，我十四岁。

自此，每次走进书店，我总感觉有一缕阳光在温暖地照射着我，使我想起那双宽容的目光。不知从何时起，一向性情暴躁的我开始以宽容的目光对待事物了。我想，我是否也想成为别人心头的一缕阳光呢？

一九九九年十月，我去上海参加一个笔会。在临离开的前一天，我和一位山东老乡搭伴去南京路附近的一家书店买书。那家书店叫"南方书店"，四层楼。逛了一个多小时，我选了十几本书，然后在门口交了款，就准备回下榻的宾馆。刚出了书店的门，就听门口的警铃尖利地响了起来。一个保安随即将正从门口经过的一个女孩拦住了。那个女孩约十七八岁，穿着一身旧运动服，一看就是在校学生。她红着脸从她的书包里拿出了一本书，交到保安的手里。这时，我已经走到她的面前，我对保安说，对不起，我们一起的，她忘了交钱。说着话，我将一张五十元的票子塞到那个保安的手里。也许是我手里提着一摞价格不菲的书的缘故，尽管他有些怀疑，但还是让我替那个女孩补交了书款，这件事就不了了之了。出了书店，那个女孩过来给我深深地鞠了一躬，一句话也没说，就红着脸匆匆忙忙地汇入了人流中。

回来的路上，老乡问我，你这叫啥？见义勇为还是英雄救美？我笑了笑，什么也没有说。

也许，那本书，能成为那个女孩心头的一缕阳光。

送你一枝 "爱情鸟"

女孩的"勿忘我"鲜花店开业的第一天，生意很清淡，只有一个男孩子在店里转了几圈，一副百无聊赖的样子。后来，男孩出乎意料地买了三枝"红玫瑰"，并要求女孩代送。女孩的花店只有女孩一个人，她又不想关门，就央那个男孩帮她看一会儿店，她尽快赶回来。男孩爽快地答应了。女孩在为男孩包扎完鲜花后，想到这是自己的第一笔生意，就从花篮里挑了一枝绿色的花卉插到红玫瑰里，对男孩说，你是我的第一笔生意，送你一枝"爱情鸟"。看男孩发愣，女孩解释说，这是一种南方的花草，叫"爱情鸟"。

女孩将鲜花送到男孩指定的地点，见到了那位叫"娟"的女孩。女孩娟接过鲜花后，看了看卡上的姓名，只淡淡地说了声"谢谢"，就将花随便放在一边，忙自己的事了。女孩提醒她说，要尽快把花插在花瓶里，否则花会枯萎的。娟说你不看我正忙着吗？女孩自讨了个没趣，神色黯然地回来了。

女孩很为那个男孩不值。但当她回到花店，碰到男孩热切的目光时，她不忍心刺激他了，她违心地说，娟接受了鲜花，很高兴，她说谢谢你。男孩的脸上就一片灿烂。

从此，每逢周末的傍晚，男孩总会准时来到"勿忘我"鲜花店，并且一成不变地买三支红玫瑰，请女孩转送给那个叫娟的女孩子。女孩娟每次从女孩手里接过鲜花，脸上的表情总是淡淡的，有时还有些不耐烦。女孩想娟可能不喜欢那个男孩，女孩很为那个男孩不平。但每次回去见了男孩那热切的目光，女孩就再也无法将实话说出来，女孩不想伤害那个痴情的男孩。有时，女孩下决心要对男孩说实话，不要让他再在娟的身上多花费时间和钱。但这样的话女孩总说不出口。女孩想：也许时间长了女孩娟就会被这个男孩感动了，男孩总有一天会成功的。久而久之，这成了女孩子安慰自己的理由。

这样大约过了半年的时间。一个周末的早上，男孩子早早地来到了"勿忘我"鲜花店。男孩对女孩说，请你再最后为我送一次鲜花吧，今天是娟订婚的日子。女孩愣了，为这个令人遗憾的结局，更为了男孩的那份坦然和坚毅。

女孩又包扎了三支红玫瑰，并将一支"爱情鸟"插在了中间，这束鲜花红的红艳绝伦，绿的青翠欲滴，红红绿绿交相辉映，十分的鲜艳。女孩说，这是最后一次为你送花了，送你一枝"爱情鸟"吧。

女孩正想出门时，天上忽然下起了大雨。男孩很不安，女孩说，不碍事的，我打的去。

女孩回来的时候，雨下得正大，女孩下了出租车，拼命往花店里跑，但还是淋了个精透。男孩没像往常那样转身离开，而是对女孩说，我……我还想要三支红……红玫瑰。女孩诧异地望着他，一脸的不解。但女孩还是给他包扎了三支红玫瑰，并又插入了一枝"爱情鸟"。男孩从女孩手中接过鲜花，放在鼻子下面嗅了嗅，然后双手递给女孩说，送给你。

女孩愣了一下，问，你知道三支红玫瑰代表什么吗？

男孩说，知道。

女孩穷追不舍地问，代表什么？

男孩迎着女孩的目光说，I Love You。

女孩调皮地笑了笑说，我不懂外语的，你能用汉语再说一遍吗？

男孩大声说，我爱你！

女孩红着脸低下了头。但随即，她又抬起头来问，你不是对娟一往情深吗？怎么这么快就移情别恋了？

男孩一脸诡秘地说，其实，这个秘密也到了告诉你的时候，娟是我的姐姐。

什么？你给你的姐姐送鲜花？女孩不相信他的话。

男孩盯着女孩的眼睛说，不这样，我有什么理由来见你呢？

女孩恍然大悟，女孩就笑了，一张脸犹如店内的鲜花般灿烂地开放。

 # 特殊试卷

刘泉是全局公认的老好人，他对什么事情都不争不抢的，历来听天由命。

有人说，好人没好命，这句话不全对。这不，局里分房子，刘泉一没职务二没后门，竟然弄了一套和局长对门的大房子。据知情人说，局长放出话来："像刘泉这样的老实人，就不能让他吃亏，谁要攀比他，就是和我过不去。"

就这样，老实人刘泉很容易地弄了一套三室一厅的房子。

不仅如此，搬进新房子仅仅三个月后，刘泉就由一个普通职员升任为副科长。这一点人们并不奇怪，近水楼台先得月嘛，刘泉和局长住对门，就是送个礼什么的也比别人方便呀！

其实，只有刘泉自己知道，他从来没有给局长送过一分钱的礼。只是，他经常替局长收礼。

原来，局长和夫人应酬多，家里的孩子由另住的老人带着，所以家里经常没人。局长就在搬进新楼的第一天，给刘泉安排了这份特殊的工作：替局长收礼。局长说，这件事交给别人我不放心，我只相信你一个人。刘泉在频频点头的同时终于明白了自己白捡一套好房子的真正原因。

刘泉对这项工作非常地尽心尽责。只要一听见对门门响，就赶紧开门迎出去，对来人说局长不在，有什么事情可以对他说。对送来的礼，他都记下是谁送的，需要捎话的，他都记在纸上，连同礼物一块转交给局长。也有不需要捎话的，只要求告诉局长自己的姓名，刘泉也不多问，一一照办。

来送礼的人，大多数是送现金，只有少数拿烟酒等礼物的。还有来了后什么也不说什么也不问的，扔下一个红包就走。逢这时，刘泉就拉

住人家追问姓名，人家死活不说，只要求将"心意"转达到就行了。碰到这种情况，刘泉也向局长如实汇报，并将所送"心意"如数上缴。每次，局长都很满意，都笑眯眯地拍着刘泉的肩膀说，好好，你确实能干，我没看错人。

又过了几个月，刘泉的上司周科长因工作失误被免了职，刘泉升任了科长。

春风得意的刘泉在当了科长后，也开始有人送礼了。但给他送礼的人大多数是送的实物，值不了几个钱。每当接到转送给局长的大宗现金，他都羡慕不已，爱不释手。后来，他发觉隔一段时间就有人送来一笔可观的现金，来人既不报姓名也不说求局长什么事，只要求转达"心意"就可以了。刘泉在这类钱上开始动了心思。他想：既然来人什么都没有说，看来是办成事后对局长表示感谢的，那么这笔钱的数目局长并不一定知晓。于是，刘泉对这类钱开始了克扣。第一次，他没敢多留，只扣了五分之一。事情过后很长时间，他见局长没有任何反应，知道局长收的钱太多了，根本就没个数。第二次，他就试着扣了一半。局长仍然没有反应。第三次，他狠了狠心，干脆全部扣下了。

刘泉在克扣了局长三次钱之后的一个晚上，局长来到了刘泉家里。尽管局长满脸微笑，做贼心虚的刘泉仍然心跳如鼓。局长笑着说，刘泉，这些日子你帮了我不少忙，我呢，也算对得起你了，你这个年龄，只能给你弄到科级了。刘泉忙不迭地点头说，谢谢局长谢谢局长。局长说，不用你谢，有点儿小事希望你能配合，你替我"办事"这件事儿，现在外面有了传言，为了避免不必要的麻烦，我看，还是给你调一下房子吧，调一套比这套大点儿的。尽管刘泉心里有一万个不愿意，但是局长决定了的事，他哪里敢违抗。

刘泉不再和局长住对门了，他现在的对门是他以前的顶头上司周科长，不过现在刘泉已经取而代之了。

周科长自从被免了科长职务后就一直在家里休病假，所以很悠闲。逢星期天，他都要弄几个菜，叫刘泉过去喝几杯。刘泉自从不和局长住对门之后，心情不好，所以经常借酒浇愁。这样，他和周科长就成了酒友。

周科长喝多了，红着眼睛问刘泉，刘科，你知道局长为什么不让你住对门了吗？

刘泉说，不就因为那些风言风语吗？

周科长狂笑了一阵说，错！是因为你克扣了局长的钱！

刘泉是老实人出身，不会拐弯抹角，当即就惊道，你怎么知道？你又不上班。

周科长笑了笑说，你忘了吗？我以前也和局长住对门。

刘泉问，那，以前你也帮他收过礼？

周科长说，对，收过，也扣过。不过，很快就被他发现了。

刘泉说，局长真是神人，你说他是怎么发现的？

周科长又说，错！他不是神人，他是小人，他隔一段时间就派人送一笔没有名堂的现金，试试你收了后是不是交给他。

刘泉如梦初醒，原来，那一笔笔既不需要任何交待也不留姓名的现金，是局长考察他的特殊试卷呀！只可惜，他没能及格，但在金钱的诱惑下，有几个人能及格呢？老谋深算的周科长不也在自己之前落马了吗？

刘泉仍然不解地问，周科长，你说局长他既然知道了我扣他的钱，为什么不揭穿我，还给我换了这套更大的房子。

周科长拍了拍刘泉的肩膀说，你想，你知道局长的这么多"秘密"，他敢给你玩狠的吗？你要是急了眼，举报他怎么办？所以说呀，只能慢慢地收拾你，还让你产生不了很激烈的对抗情绪。

不久之后，刘泉因工作需要被调到了工会，负责发放劳保用品。刘泉明知局长这是在整他，但他转念一想，自己本来就是个平头百姓，过了一把"科长瘾"，又弄了一套大房子，该知足了。刘泉就恢复了常态。

体　面

　　韩六子原是郊区的农民，因为扩城占了他们村的地，他无地可种了，做大生意又没本钱，所以就尝试着在路边上摆了个卖羊杂汤的摊子。

　　韩六子家世代都是种地的，他见了城里人就有些自卑。他知道，那些天天来这儿喝羊杂汤的人都是有些身份的。韩六子算过一个账，如果一个人每天早上喝一碗羊杂汤、吃两个火烧，那他一个月的早饭钱就接近一百元钱，再加上中午饭、晚饭，那他一个月的饭钱就是四五百元，再加上养家糊口什么的，那得挣多少钱才够呀！所以，他知道，那些做小生意的和每月挣儿百块钱的工人，是不能天天喝羊杂汤的。凡天天来这儿的，不是在高薪单位上班的，就是做大生意的。所以，韩六子对来的每一个人，都是笑脸相迎，笑脸相送。客人来了，刚坐下，他就会将一碗热气腾腾的羊杂汤端过来，躬着腰给客人放在矮桌子上，然后脸上堆着谦卑的笑说，料子自己放，怎么对口怎么调，要加汤，招呼一声就行！

　　每天，韩六子从早六点起，一直忙到十点钟才收摊，没办法，现在城里人的早饭吃得越来越晚了。这几个钟头，他几乎一刻不停地穿梭在十几张矮桌的夹缝里，为客人加汤，送火烧。逢有点儿清闲，他也不闲着，双手端着一大勺热气腾腾的汤，挨桌子问，哪位加汤呀？谁加汤您就吱一声儿。有客人说，韩六子，你就不能歇会儿吗？累不累呀？韩六子就笑笑说，咳，累啥呀？比种地轻松多了。

　　韩六子的羊杂汤实惠又好喝。那汤，全是头天晚上用羊腿骨和大梁骨通宵熬的，又香又稠；那羊杂，全是头一天的新鲜货，提前用大料炖得烂烂的，第二天用羊汤一热，那个香，隔老远就闻得见。

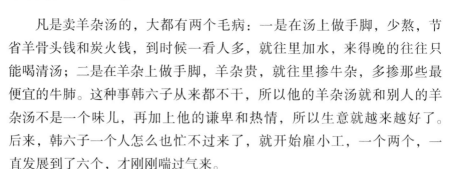

凡是卖羊杂汤的，大都有两个毛病：一是在汤上做手脚，少熬，节省羊骨头钱和炭火钱，到时候一看人多，就往里加水，来得晚的往往只能喝清汤；二是在羊杂上做手脚，羊杂贵，就往里掺牛杂，多掺那些最便宜的牛肺。这种事韩六子从来都不干，所以他的羊杂汤就和别人的羊杂汤不是一个味儿，再加上他的谦卑和热情，所以生意就越来越好了。后来，韩六子一个人怎么也忙不过来了，就开始雇小工，一个两个，一直发展到了六个，才刚刚喘过气来。

按一般人的理解，一个卖羊杂汤的能挣多少钱？说了您别不信，你可以算一算，六个人从早上六点就开始往桌子上端汤，一直端到十点，这得端多少碗？几年下来，了不得了，韩六子发了。

韩六子先在一个新建的小区里买了一套三室两厅的房子，后来觉得钱还是有点儿多，正赶上流行买私车，就买了一辆"本田"，还利用业余时间考了个驾照。

开上私家车后的韩六子，觉得自己卖羊杂汤的那套行头和车太不协调了，就又置办了"红豆"衬衣、"新郎"西服和"红蜻蜓"皮鞋。这么一装扮，韩六子就整个儿一个大款模样了。

韩六子的心理慢慢地也有了变化。他发觉，来他这儿喝羊杂汤的，其实也没有几个能比他有钱的，无非是单位好点儿，工资高点儿；干生意的，也不是什么发大财的，这从他们的交通工具上就看得出来。他们大多数是骑摩托车、电动车和自行车来的，也有几个开车来的，车的档次也不如韩六子的"本田"。这样一想，韩六子怎么也不愿意再冲他们露出那种谦卑的笑了，更不愿意躬着个腰挨个儿问他们加汤了，他想：凭什么是我伺候你？我比你们有钱哪！这年头，钱就是体面呀！

韩六子不干了。他把羊杂汤摊子交给了他的几个下属，自己躲清闲去了。

韩六子开着他的"本田"，整日里游山玩水，和一帮同学、朋友出入歌厅酒楼，后来还包了个十九岁的"小二奶"，过得好不潇洒。

这样过了大约半年的时间，韩六子的积累花得就差不多了。这时候，他的那个卖羊杂汤的摊子，由于那几个伙计偷工减料，很快就黄了。

这时候的韩六子，根本不可能再卖羊杂汤了，那多掉份儿。要做生意，也得做体面一些的生意。他的一位朋友极力推荐他炒股票，又体面又赚钱。他便用自己的房子作抵押，贷了款，开始炒股。一入市，他就搞大动作，几天的时间就把二十多万元钱全套进去了。后来，他又卖了车，又给朋友借了钱，再炒，结果又被套住了，他哪有炒股的经验呀！

　　韩六子重新沦为一无所有的穷光蛋，还负上了不大不小的一笔债，他再一次走投无路了。怎么办？他唯一有把握赚钱的生意，还是卖羊杂汤。

　　韩六子的羊杂汤摊子重新摆上了，同时摆上的，还有他那一脸谦卑的笑。

天上掉下大馅饼

天上真的掉下来一个大馅饼，而且偏偏砸在了麻七的头上。

麻七父母双亡，无兄弟姐妹，自小懒惰成性，成年后也不务正业，靠小偷小摸地弄点儿小钱，勉强糊口过日子。别人劝他干点正事，他还振振有词：生在这么个破地方，怎么干也是个穷，等来了运气再说吧。他等运气等到了三十大几，运气不但没来，连媳妇也没等来一个。

但麻七的好运气说来就来了。这天下午，村长就把一封信和一张包裹单送到了麻七的家里。村长一进门就对麻七说，麻七，好家伙，新加坡来的哩。麻七拆开信一读，当即就蹦了个高儿，他一下子窜到院子里，扯着嗓子狂喊道，我麻七也时来运转了！我发财了！哈哈哈！

村长从他手里夺过那封信，仔细一读，眼睛也直了：这个麻七，还真的是时来运转了哩！信是这样写的：

麻七侄儿：

我是你的堂叔麻林，虽然你不认识我，但我的爷爷和你的老爷爷是亲兄弟，我爷爷是长子，我们有着很近的血缘关系。我爷爷三十岁那年来新加坡做工，在这里娶妻生子，一直到去世也没有机会回去。我的父亲也去世多年了，享年 84 岁。现如今，我也是 70 岁的老人了。我孤身一人，膝下无子，现身患重疾，将不久于人世了。近来，我托朋友千方百计打听到了你，知道你是我们麻家目前唯一的传人了。我本想让你来一趟新加坡，但我的时间已经不允许了。所以，我只能把我们麻家的传家之宝寄给你了，望查收。

你的叔叔麻林

2004 年 3 月 18 日

玉米的馨香

村长又看了看那张包裹单，虽然在"内装何物"一栏内填写的是"日用品"二字，但在保价金额一栏里赫然写的是"一万美元"，这相当于八万多人民币呢，足见包裹之中的物品何其珍贵了。

麻五的家里平生第一次围满了人，那封信和包裹单从众人的手里传来传去，都被揉搓得看不清纸的颜色了。一直闹到了晚上，人才渐渐地稀了。村长没走，村长说，麻七，你发了财，晚上请客吧！麻七面红耳赤地说，请客倒是该请，可……可……我这……村长知道麻七的难处，就亲切地拍了拍他的肩膀说，麻七，没钱不要紧，到饭馆里赊嘛！麻七一听更窘了，麻七说，我……我赊过，可开饭馆的老刀就是不赊给我，说了多少好话都不中。谁知这老刀就在他背后，当即接过话来说，麻七，不不，麻哥，谁说不赊来？要几个菜儿瓶酒？你说个话，我立马办！麻七说，你不怕我还不起你？老刀说，咳！你提这茬干吗？再提这茬我给你跪下！老刀很快给送来了一桌子的酒菜，村长和村里的几个干部兴致很高地喝了起来。一直喝到深夜，村长等人才歪歪打打地走了。

第二天一大早，村长亲自驾驶摩托车，载着麻七来到了县城的邮政局。包裹从那个绿色窗口里递出来时，麻七的心都快蹦出来了。他两只手哆哆嗦嗦地老拆不开，村长等得不耐烦了，夺过来三两下就把它拆开了。

两个人都愣住了。包裹里装的不是他们想象的金银珠宝，而是一本类似于账簿的线装书，封面用繁体字写着"麻氏宗谱"，原来这"传家宝"是麻家的《谱志》，也就是人们所说的"家谱"。麻七不死心，把《谱志》从第一页翻到了最后一页，还是一无所获。麻七一霎时心如死灰，折腾了半天零一宿，他得到的竟是这么一个不值一文的东西！他忽然又想到了昨天晚上的那顿酒菜，四……五百块呀！拿什么还呀！他越想越气，三把两把将《谱志》撕得粉碎，随手扬在了地上！

村长说，麻七，这是你的家谱呀！哪能撕了哩？麻七说，我连个媳妇都没有，肯定断子绝孙了，要这个破东西有嘛用呀！村长忽然绷起脸说，麻七，你自己坐公共汽车回去吧，我还得办点儿事。麻七愣了愣，什么也没说，他知道自己已经没有资格坐村长的摩托车了。

麻七回到村里时，发现村头上围了很多人，像看猴戏似的瞅着他笑。他低着头想从人群里穿过去。开饭馆的老刀过来一把抓住他说，麻七，

173

我知道你没钱，咱也不为难你，从明天开始，你每天来我饭馆里干活，干上两个月，那饭钱就抵消了。从此，麻七就每天来饭馆"上班"了。

事情到此本该结束了，可不久之后的一天，村长又拿了一封新加坡来信走进了麻七的家里。

麻七像濒临死亡的人见到救命稻草一样，迫不及待地拆开信看了看，人就呆了，他一瞬间变得目光呆滞，神色恍惚，嘴里喃喃地道，完了，完了……

信是麻林的律师写来的：

麻七先生：

您好！我是麻林先生生前委托的律师陈一诺，麻林先生已于三日前离世。他的家产已经全部拍卖，共计 1200 万美元。根据他的临终嘱托，这笔钱属于您继承。目前，本人已经将这笔遗产打入您所在县的中国银行，您只要拥有取款密码，就可以将这笔钱转到您的个人账户上。至于密码，麻林先生已经在生前写在了《谱志》的第一页反面并寄给了您，这个密码仅麻林先生和您知道。根据先生遗愿，如您三个月内不取款，视为放弃，这笔款将由本人负责捐献给福利事业……

村长把信从他手里抽出来，很仔细地读完，叹了口气说，麻七，你没这个命呀！

屠 蛇 记

小时候，我最怕的动物，是蛇。

我 10 岁那年的夏天，是个上午，我背着筐去挖野菜。因为村里家家户户养着猪，每家都有人挖野菜，村子周围的野菜早就被人挖光了，所以要到离村子远一些的地方去挖。村子西边约五里的地方，有一大片盐碱地，不长庄稼，就作了坟地。这里虽然不长庄稼，却是盛产野菜的好地方，各种各样的野菜一撮一撮地分布在坟与坟的空隙里。尤其是坟的半腰上，野菜又多又大，且颜色墨绿，带着营养丰富的劲头儿。我在这里很快就挖满了一筐野菜，有马生菜、灰灰菜、蓬蓬菜、猪耳朵、趴篱墩、野苜蓿等。我砍了几根草藤子，将这些野菜仔细地捆好，结结实实地打好筐，用绳杀紧，准备歇一下就走。这时，天已近中午，日头很毒。我坐在一棵白杨树的荫凉下，一边休息一边用树枝逗着"米羊"玩。正玩得投入，一声干涩的鸣叫使我回过神来。这是什么叫呢？我还从来没听到过这种叫声。我惊慌地抬眼四望，周围只有静静的庄稼和小山似的坟头一个挨着一个，除了我之外，目光所及之处没有一个人影。我有些害怕地站了起来，并随手抄起了身旁的镰刀。这时，那个奇怪的叫声又出现了，它空旷、干涩，像被阳光吸干了水分。在这无人的、寂静的田野里，说不出的神秘和恐怖。难道是鬼？我紧张地循着声音四下里寻找，见不远处一座老坟旁的死榆树上，孤单单地落着一只老鸹。难道声音是它的？"呱呱"，那个声音又响了起来，离我很近，就在我的脚下。我提心吊胆地低头一看，顿时长长地松了一口气。是一只小小的青蛙，只有大枣那么大。原来青蛙还有这种怪叫声呀。我蹲下来，想逗它玩玩。但青蛙好像无暇理会我，自顾慢慢地往前一跳一跳地，每一下都只跳出它的半个身子那么远，是那么的勉强和不情愿。每次跳起落下后却又将两个前趾伸到身前，用力向前撑着，像在拒绝着什么。我摆弄过很多青蛙，还没见过这么奇怪的。我忽然觉得后背一阵发凉，头发都要竖起来了。我紧张得四处观望，终于发现了那条蛇。

这是一条足有五尺长的青花蛇，有擀面杖那么粗，它就在我身前不到两米的地方，高高地翘着三角形的脑袋，大张着嘴，长长的红信子吐出半尺多长，两只冷酷的小眼睛正虎视眈眈地盯着那只可怜的小青蛙。当时，我的第一反应是一边跳起来一边用左手拼命地揉搓头发。这是我每次见到蛇后必做的动作。跳起来是预防被蛇缠住脚，揉搓头发则是为了不让蛇数清我的头发。传说，蛇会数人的头发。蛇在受到人的冒犯或袭击后，会在瞬间将人的头发数量点清，到晚上再去找这个人将他勒死在睡梦中。那是我有限的经历中见过的最大的一条蛇。我跳过了，也揉搓过头发了，忽然想到这一切都是徒劳的。因为刚才我在这里已经坐了很久，蛇也在这里待了很久了，它一定是早将我的头发数清楚了，我完了。我绝望了，死亡的阴影像一团乌云笼罩在我的头上。我呆呆地站在那里，忘记了逃跑，忘记了呼救。这时，那只小青蛙已经快蹦到大蛇的口边了。惊恐万分又茫然无措的我，忽然意识到了右手握着的镰刀，我发疯一般将它挥了起来。也许，是巨大的恐惧和绝望给了我超常的力量；也许，是我还很幼稚的思维以为自己必死无疑了，要做最后的垂死挣扎。我的动作疯狂、杂乱、迅速而有力，我将镰刀舞动得"忽忽"生风，锋利的刀刃不断落在蛇身上，瞬间将那条大蛇砍成了七八截。蛇死了，它的尸体散落在白花花的咸碱地上，有两截还在慢慢蠕动着。我已经汗如雨下，在一片浓重的血腥气息中，瘫在了地上，心还"嘣嘣"跳得山响。

我歇了片刻后，感觉右腿有些痛。用手一摸，摸了一手的血。刚才杀蛇时，不小心砍中了自己的右腿，裤子已被血水浸透了。我强忍住痛，开始思考怎么解决蛇的问题。起初，我想把它扔到水里，但我经常在附近的河里游泳，如果把它扔进去，以后天再热我也不敢下水了。埋了它？它本来就是在土洞里生活的，在地下会不会更快地活过来？

我全身已经没有一丝丝力气，绵软地靠在一棵大树上，用求救的目光遥望着远处的村庄。此时，已经中午了，家家户户的房顶上都飘着袅袅的炊烟，使整个村子都笼罩在炊烟中了。我忽然从炊烟中得到了启发。我开始抓紧捡地上的干草和枯枝，片刻就捡了一大堆。我掏出随身携带的火柴（那时农村的儿童都爱偷偷带火柴，以便于在田野里烧吃蚂蚱、玉米等），先将干草点着，再放上了枯枝。火很快就旺起来了，我用镰刀挑着，将蛇一段段地投入了火中。不一会儿，一股奇异的香味儿就在周围弥漫开来。我长出了一口气，自言自语地说，这回我看你再怎么连再怎么接……这时，火势也弱了下来。我一只手捂住鼻子，用镰刀拨拉了一下火堆，见蛇段已被烧成了又短又细的黑焦炭。我仔细地瞅了瞅，判断它是否还可以自己连接起来。忽然，我觉得头顶上有一阵风掠过，忙直起腰，见是一只老鸹在火堆上方盘旋。见我直起腰，老鸹不甘心地落在一棵干枯的榆树上，冲我"呱呱"地叫了两声。

我装模作样地走向村子的方向。我没有背那筐野菜，因为我还得回来。我走出大约二里路后，又悄悄地返了回来。隔老远，我就看见三四只老鸹在已经熄灭的火堆里啄食着什么。我一直等到那几只老鸹离开，又把火堆仔仔细细地查看了一遍，确信已经没有一段蛇肉时，才放心地离开。

自此，我不再怕蛇。

 # 文人老柳

老柳是因为一篇小说获了个全省一等奖当上县文联副主席兼秘书长的。要说起来，这真是老柳的造化，县里正筹划成立文联，苦于找不到有专业成就的人，老柳就在这个节骨眼儿上获奖了，就脱颖而出了，从一个乡村教师变成了副科级干部。

文联主席由县委宣传部的一个副部长兼着，专职人员只有老柳一个人。老柳就每天一个人坐在文联办公室里喝茶看书，还经常接待业余作者来访。由于全县只有老柳的小说获过全省一等奖，也只有老柳一个专业作家，所以，来访者都恭敬地称老柳为"老师"，无形中老柳就成了全县文坛的泰斗、大腕儿、代表全县文学最高水平的旗帜。老柳对来访的业余作者都非常热情，对送来的稿件都认真阅后提出书面意见，并有选择地向省内外报刊推荐。尽管他推荐的稿子一篇也没有发表过，但作者们还是非常感激，私下里都说，老柳是个难得的好人。尤其是一个叫石在的业余作者，更是对他感恩戴德，奉为恩师。县里还有几个写小说的，也零零星星地在一些不知名的报刊上发表过作品，但老柳对他们很不屑，只要有人提起，他便轻轻地摇着头说，不行不行，他们的作品太不上档次了，成不了气候呀！一副重任在肩舍我其谁的表情。

老柳自从那年获了个全省一等奖之后，再也没有作品引起过反响。虽然他也鼓弄了两部长篇，拉来赞助费自费出版了，但这年头圈里人重视的是在大杂志发表和正式出版，自费出书已经成了小儿科，所以他的两部长篇就像棒槌砸在棉花上，连个响儿也没听见。不过，比起其他几

个写小说的，他还算成就最大的，毕竟是两本厚厚的书摆在案头，提气呀。所以，老柳仍然是本县文学界的大腕儿。

就在老柳调进县文联的第五个年头，文联又调进一个人，是个军转干部，在部队也是搞创作的。他调过来之前是副团级，并且已经有十几部中短篇小说被《小说选刊》、《小说月报》、《新华文摘》等权威杂志转载过，还有一部中篇被拍成了电视剧。根据其成就和级别，也被安排做了文联副主席，和老柳对桌。但由于军转干部不愿在办公室里泡着，就经过领导同意，不来坐班，躲在家里搞创作了，并不断有新作问世。

业余作者石在知道军转干部的名气，知道这个把小说写进大刊物的名家转业到本县来了，就来文联向老柳打听情况，言语之中全是崇拜向往意欲结交之意。老柳却晃着两根麻秆腿麻利地将门关了，把一张布满皱纹的瘦脸探过来说，石在，你记住，这个人虽然有点儿才气，但人品不行，不可交，你想一想，他这么大成就，怎么就偏偏转业到了我们小地方呢？石在说，听说，他老家就在我们这儿，家里还有父母兄弟。老柳有些生气了，说，我什么时候骗过你呢？我已经给他打了仨月交道了，能不知道他的底细吗？他这人的品德绝对有问题。石在见老柳这么强调，觉得军转干部人品真的是有问题了。后来，石在从很多场合都听老柳说过军转干部人品不好之类的话，就越发坚信了，遂打消了拜见他的念头。

不久，军转干部从自己的安家费中拿出十万元，为一个贫困村盖了十间崭新的教室，县电视台和报社都对他的事迹做了报道。石在知道了后，就对军转干部的人品问题有了疑惑，就去文联请教老柳。一进门，就见老柳的屋子里坐满了人，老柳在屋子中央一边转着圈子一边说，沽名钓誉、沽名钓誉……一脸的愤愤不平与不屑。看见石在，他马上放低声音说，你要记住，这种人最可怕，最阴险，不可交，更不可交心，你离他越远越好。石在虽然不知道他离军转干部近了会有什么危险，但还是迷惑地点了点头。

一个月后，军转干部因为见义勇为，勇斗三名持刀歹徒，身负重伤，生命垂危了。事情传开后，老柳对石在说，你想一想，一个人为了沽名钓誉居然连命也不要了，这个人利欲熏心到什么地步了？石在觉得脑子有些浑浊，也是很想不通。

军转干部在医生的全力抢救下，脱离了生命危险，并逐渐康复了。在这期间，他的一部长篇小说也问世了，并在全国引起了不小的反响。很快，省作家协会的一纸调令，把他调到省作协创作室当副主任了。

石在再次见到老柳时，老柳一脸的哲人状况：怎么样呀小石，我的话应验了吧？人家的目的达到了吧，人家的钱也没白捐，人家的伤也没有白负嘛！石在这次脑子并没有浑，石在小声地嘟哝说，人家调到省作协是因为作品好，和这些有什么关系呢？好在老柳正继续发表着他的高论，没有听见。

石在瞒着老柳，到省作协拜见了军转干部，并把自己认为最满意的作品呈了上去，这些作品都是得到过老柳的垂青。军转干部看了石在的作品后，一脸的冷色，他问，小石，你是想真的搞出点儿成就？还是想玩文学的卡拉OK？石在说，当然是想像您这样出成就了！军转干部说，那样的话，你的这些作品都是垃圾！回去，一年之内不要乱写，先看书！

石在怀里揣着军转干部给开的购书目录直接去了省城的新华书店，带回了上百册文学名著。

三年后，石在的作品开始在省级杂志陆续发表了。

五年后，石在的作品也上了《小说选刊》、《小说月报》等权威杂志，这一年，他还获得了本省的最高文学大奖，得到了一万元的奖金。

领奖回来的第二天晚上，石在经不住几个文友的死缠，在本县最高档的"明崽"大酒店摆了一桌酒席，当然，他没有忘了请上文联的老柳。

席间的气氛非常热烈，文友们纷纷举杯向石在祝贺。只有老柳满腹心事的样子。

石在因为高兴，啤酒喝得急了点儿，感觉肚子不太好受，就起身去卫生间。刚出了包间的门，忽然想起手机还在桌上，觉得还是拿上保险，就又退回包间内。包间是那种很上档次的豪华装修，在餐桌和屋门之间放置了一面四扇的屏风，上面画着"梅兰竹菊"四君子图。石在对书画也非常喜欢，顺便驻足多看了两眼，就听到了屏风后面传过来的一句话，柳老，石在也算你的学生了，这一下可是青出于蓝胜于蓝了。石在听出来了，说话的是机床厂的文友杜春宇。接下来，屏风后面就静下来了，片刻之后，老柳压抑着的沙哑嗓音才传出来，你们不了解石在这个人，他是有点儿小才，但他的人品不行，不可深交呀……

石在突然出现在众人面前时，大家都呆了，看看老柳，又看看石在，不知道说什么好。石在却笑了，他几步走到老柳面前，双手握住他的一只手说，柳老师，谢谢您！真诚地谢谢您！您终于把我打入"人品不行"的行列了！说完，端起桌上的一大杯白酒，一饮而尽。

文友韩大利

刚上班，就听到一阵重重的敲门声。我有些恼怒地拉开门，见门口站着一个中等身材、西装笔挺的绅士，看上去还挺面熟，却一时想不起来了。正愣神间，对方很不绅士地打了我一拳说，妈的，连我都不认识了，我是韩大利。

我恍然大悟，回敬了他一拳说，我还以为你早就不在人世了呢。

韩大利是我十多年前认识的一位文友。我认识他的时候，他正在村里的小学当代课老师，每月领取 80 元钱的俸禄，日子过得很穷。那时，韩大利就领着那 80 元钱的俸禄，种着几亩责任田，晚上再写几篇总也发不了的文章，带着老婆孩子一家四口清苦度日。我是在一次文化馆组织的文学青年创作研讨会上认识他的，知道了他的情况后，就帮他联系了一个企业的文秘职务，韩大利一跃就成了那家企业的女老总面前的红人。韩大利一夜之间牛起来了，穿名牌西装，系"金利来"领带，拿着那时还很稀罕的"半头砖"手机，逢人便说我是他的恩人，他一辈子也忘不了我。

在韩大利无限风光的那些日子，我正忙着调动单位，很少与他见面，所以并未得到他"风光"的实惠。有一天，他忽然找到我，说要请我好好撮一顿。那一天就只有我们俩，他却点了满满的一桌子菜，见我心疼，就拍了拍我的肩膀说，哥们儿，咱再也不是以前的穷教师了，咱要发财了。于是，他一边与我频频碰杯，一边对我说了他的情况。原来，他和女老总"挂"上了，女老总现在让他单独负责一个部门，属承包性质，至于上交多少，他龇了龇牙说，那还不是自己说了算。见他这副张扬的样子，我没有替他高兴，反而隐隐为他担起忧来。他见我不说话，就安慰似的又拍了拍我说，你不用嫉妒，咱哥们这关系，我成了还不等于你成了一样吗？咱们谁跟谁来！我苦笑着摇了摇头。

这之后，韩大利经常带着我出入高级酒店，当然了，他请的不止我一个人，很多时候我只是一个陪客。慢慢地我发现，他请客并不是为了办事，也不是为了联系业务，纯粹是为了一个字："玩"。我自认是个"玩不起"的货色，就退了出来，任他怎样请我也绝不参与了。

大约半年的时间我没和韩大利联系，只是偶尔听到关于他和那位女老总的绯闻和他在娱乐场所一掷千金的豪迈传闻。直到有一天，他慌慌张张地找上门来，一进门就将我的办公室门反插上，然后低声问我，你有钱吗？我问，怎么了？他重重地在自己的脑门上擂了一拳说，别提了，快给我准备两千块钱吧，我很快就会还你。见他说得急，一向不爱打探别人隐私的我就从财务室支了两千元钱给了他。他接过钱后一秒钟也没停留，匆匆道了声"后会有期"就落荒而去。

韩大利这一去就杳如黄鹤。后来我才听说，他和那位女老总的事不知怎么传到了女老总的老公那里，人家的老公找到韩大利的老婆，要她"夫债妻还"，这一弄韩大利的老婆也知道了。于是这两对男女纠缠起来，韩大利的老婆还到公司门口骂了整整一天"狐狸精"。那位女老总不愿为了屁大的一点儿事坏了自己的家庭和前程，为尽快摆平这件事，就把韩大利开除了。韩大利一气之下，把他所知道的女老总的隐私全部公布于众了，并打印成书面材料在公司门口每人发了一份。最让那位女老总伤心的是，他竟然把女老总的私处有一个大瘊子这样的秘密也泄露了出来。女老总一气之下，就查了他的账，一查，竟查出他挥霍了十几万元的公款。女老总给他下了最后通牒，让他十天内让款悉数还上，否则，就起诉到检察院。韩大利到哪儿弄这十几万呀，就来了个脚底下沫油。逃之夭夭之前，他借了五六个文友的钱，少的七八百，多的三四千。

这已经是十年前的事情了。十年之后的现在，我们几乎已经把韩大利这个人给忘记了，但他竟然突然出现在了我的面前。虽然以前的事让我有些恼他，但毕竟是这么多年没见面了，我还是认真地把他抱起来，在地板上戳了戳。然后，我重新打量了他一遍说，又牛起来了。他得意地点了点头说，在东北承包了一个石料厂，发了点儿小财，这次回来看看，有什么适合我干的事儿，就再杀回来。

中午，他说什么也不去我家，死活要在酒店请我。我知道他是为了找回以前的面子，就依了他。依然是我们两个人，依然是满满一桌子好菜，一边喝，韩大利一边给我说他在东北的经历。后来他就喝多了，趴在桌子上打起盹来。我结了账，问他住在哪里，他迷迷糊糊地说，老家。我打了一辆出租车，将他送回农村老家。

一进他所住的土屋，就见冲门的椅子上坐着两个"大盖帽"。韩大利先是哆嗦了一下，酒也醒了大半。我问是怎么回事，其中的一个说，他们是黑龙江省某县法院执行庭的，韩大利欠了很多钱，已被起诉，法院也下达了判决书，他却拒不履行，潜逃回原籍来避难，他们这次来是有钱拿钱，没钱带人。我问，他欠了多少钱？对方说，不多，才八万。我无力地垂下了头，我知道这次无论如何我是帮不了他了。

临出门前，韩大利居然还冲我很江湖地笑了一下说，哥们儿，我还会回来的，咱后会有期。话音刚落，韩大利的老婆孩子一起嚎哭起来。